Mein Leben mit Anna von IKEA-Hochzeit

Thomas Kowa

Erstausgabe März 2019

© 2018 dp DIGITAL PUBLISHERS GmbH

Made in Stuttgart with ♥
Alle Rechte vorbehalten

Mein Leben mit Anna von IKEA – Hochzeit

ISBN 978-3-96087-562-8
E-Book-ISBN 978-3-96087-557-4

Umschlaggestaltung: Christin Peulecke
Unter Verwendung von Abbildungen von
© Free Vector/freepik.com und
© OpenClipart-Vectors/pixabay.com
Lektorat: Daniela Höhne
Satz: dp DIGITAL PUBLISHERS

Über den Autor

Thomas Kowa, geboren 1969, hat Betriebswirtschaft studiert und arbeitete über zwanzig Jahre in der Pharmaindustrie. Heute ist er Autor, Poetry-Slammer, Musikproduzent, manchmal Weltreisender und Juryvorsitzender des Kurt Marti Preises des Berner Schriftstellerverbands. Leser, Kritiker und das Finanzamt sind nicht nur von seinen musikalischen Talenten, sondern vor allem von seinen erfolgreichen Romanen begeistert.

Während in seiner Thriller-Reihe um Kommissar Erik Lindberg fleißig gestorben werden darf, schafft er es in seinen Kurzkrimis, die Leser gleichzeitig zum Lachen und Fürchten zu bringen – und das ohne eine einzige Leiche. Mit den humorvollen Liebesgeschichten um Anna von IKEA zeigt Kowa, dass er nicht nur für Gänsehaut, sondern auch für viele Lacher sorgen kann.

Vorwort

Liebe Leserinnen und Leser,

wird man in Japan zu einer Hochzeit eingeladen, müssen die Teilnehmer für viel Geld eine Eintrittskarte kaufen.

In England bringt nicht der Schornsteinfeger Glück, sondern es bringt *ihm* Glück, wenn er die Braut küsst. Und wahrscheinlich eine hohe Rechnung für die Reinigung, denn auch auf der Insel heiratet man in Weiß.

Die Massai schmieren der Braut Kuhdung auf den Kopf, um zu prüfen, wie sie die Herausforderung der Ehe meistern wird. Letzteres mag erst einmal weit hergeholt klingen, aber spätestens, wenn der Nachwuchs seine primären Ausscheidungsorgane entdeckt, zeigt sich die praktische Relevanz dieser Prüfung.

In Schweden hingegen darf jeder Hochzeitsgast die Braut oder den Bräutigam beliebig oft küssen, jedoch nur dann, wenn der oder die Zukünftige die Räumlichkeiten gerade verlassen hat. Da sollte man sich jeden Besuch auf dem WC gut überlegen.

Aber warum erzähle ich das alles?

Tja, wir feiern jetzt gleich zusammen eine Hochzeit in Schweden. Und wie ich Matthias Käfer kenne, wird das nicht ohne Fettnäpfchen, Missverständnisse und kleinere Katastrophen ablaufen.

Trotzdem wird er wie immer sein Bestes geben, also schauen wir mal, ob es reicht ...

PS: Wer – wie ich – schon wieder vergessen hat, was alles geschehen ist, der findet auf den nächsten Seiten eine kurze Zusammenfassung. Und wer die Serie noch gar nicht kennt, kann sich hier bequem auf den aktuellen Stand bringen. Aber Vorsicht: Spoilergefahr!

Was bisher geschah

Matthias Käfer, Vollzeitsingle, Bankangestellter auf Bewährung und Besitzer eines inkontinenten Geschirrspülers, lernt bei IKEA die nette schwedische Kundenberaterin Anna kennen. Doch sieht Matthias eine hübsche Frau, bekommt er den Mund nicht mehr auf.

Also kontaktiert er Anna online. Durch ein Missverständnis gerät er an die virtuelle Kundenberaterin *Anna von Ikea* und glaubt am Ende, sie habe sich mit ihm verabredet.

Weil Matthias denkt, das Date finde bei IKEA statt, trifft er dort die echte Anna und verliebt sich in sie.

Doch er sagt es ihr nicht.

Als Anna eine Stelle als Lehrerin in Schweden angeboten bekommt, geht sie schweren Herzens zurück.

Fast zeitgleich verliert Matthias seinen Job bei der Sparkasse. Der Klempner Kemal, dem er einige Werbeslogans getextet hat, stellt ihn als neuen Werbeleiter an und erlaubt ihm, von überall aus zu arbeiten.

Matthias besucht Anna in Schweden und die beiden werden ein Paar.

Kaum ist Matthias zu Anna nach Göteborg gezogen, merkt er, dass im Land der Elche und Billy-Regale einiges anders ist als daheim.

Außerdem hat sich der ex-porschefahrende Ex-Freund von Anna, Viggo, in den Kopf gesetzt, seine *große Liebe* zurückzuerobern. Der Millionärssohn gibt sich umweltbewusst und überredet Anna, mit ihm auf eine Klimakonferenz ins tiefste Grönland zu fahren.

Derweil muss Matthias die Firma seines Chefs Kemal retten, der alles auf ein neues Produkt gesetzt hat: Dönereis. Und das mitten im Winter.

Matthias entwirft eine Werbekampagne, doch diese scheitert, weil das Eis furchtbar schmeckt.

Auch ein Relaunch als Dönersuppe geht in die Hosen, allerdings kann Kemal das Fertigungsverfahren verkaufen. Die Firma und der Job von Matthias werden gerettet.

Am Ende erkennt Anna, dass Viggo sich nie geändert hat und der rücksichtslose Egoist ist, der er immer war.

Schließlich, an Heiligabend, macht Matthias Anna einen Heiratsantrag – und sie nimmt an.

Nach seinem Junggesellenabschied wacht Matthias Käfer in einem fremden Bett auf, neben ihm schlafen zwei nackte vietnamesische Stripperinnen mit einem ziemlich großen Geheimnis und vor ihm steht ein Pappaufsteller von George Clooney, an dessen Ohr ein Hamster knabbert.

Vierundzwanzig Stunden zuvor denkt Matthias noch, er werde seiner Verlobten Anna stets treu bleiben. Da weiß er allerdings nicht, wer seinen Junggesellenabschied organisiert: Alexa, die digitale Assistentin, die alles besser weiß und doch von nichts eine Ahnung hat.

Matthias' Freund Video-Paule dokumentiert die Feier per Video und schneidet daraus den Film *Fear and*

Loathing in Ludwigshafen, mit dem er seine Videothek retten will.

Währenddessen feiert Anna ihren Junggesellinnenabschied in Amsterdam, auf den sich ihr Ex-Freund Viggo als Stripper einschleust.

Viggo hat zudem den beiden vietnamesischen Ladyboys eine unerhörte Summe geboten, sollten sie Matthias dazu bringen, mit ihnen ins Bett zu steigen.

Schließlich eskaliert die Party und Matthias kann sich hinterher an nichts mehr erinnern.

Nachdem er am nächsten Morgen den Trailer von *Fear and Loathing in Ludwigshafen* gesehen hat, glaubt er, die beiden Ladyboys wären erfolgreich gewesen.

Dann jedoch erkennt Matthias, dass Video-Paule Alexa gekapert und alles nur inszeniert hat, um seinen Film zum Erfolg zu führen. Mit Hilfe von Alexa beweist er, dass er Anna nie betrogen hat.

Trotz Viggos Intrigen ist Anna ihm ebenso treu geblieben. Matthias und Anna beginnen, ihre Hochzeit zu planen und sind so naiv zu glauben, dieses Mal würde schon nichts schiefgehen ...

1

»Eine Hochzeit ist das einzige Fest in eurem Leben, an dem alle eure Freunde und Verwandten zusammenkommen, um gemeinsam darüber zu lästern«, sagt Morten.

Ich bin versucht zu nicken.

Mache ich natürlich nicht, denn Anna blickt von dem Papierstapel in ihrer Hand auf und schaut ihren alten Greenpeace-Kumpel Morten entgeistert an. »Wie kannst du nur so unromantisch sein?«

»Genau«, pflichte ich ihr bei. »Total unromantisch.«

Morten streicht sich seinen grauen Pferdeschwanz glatt. »Das nennt man Lebenserfahrung.«

»Oder Unerfahrenheit«, sagt Anna. »Schließlich hast du nie geheiratet.«

Morten zuckt mit den Schultern und lächelt. »Es hat eben noch kein Blauwal meinen Antrag angenommen.«

»Sei froh drum«, sage ich. »Das wäre wahrscheinlich die einzige Hochzeit, die noch schwieriger durchzuführen wäre als unsere.«

»Unsere Hochzeit ist nicht verzwickter als andere auch«, sagt Anna. »Männer sind nur häufig überfordert, sobald es komplex wird.« Sie blickt Morten und mich an. »Deswegen übernehmen meistens Frauen die Organisation einer Hochzeit.« Anna legt den Papierstapel auf den Couchtisch vor sich und sortiert ihn. »Also: Wenn wir alle unsere Freunde und Verwandte einladen, kommen wir auf zweihundertdreiundzwanzig Gäste.« Anna lächelt versonnen.

Ich möchte gern mitlächeln, doch irgendein Bereich in meinem Hirn weigert sich. Außerdem können wir Männer sehr wohl mit Komplexität umgehen – hätten wir sonst die Abseitsregel erfunden, das Dosenpfand und Windows Vista? »Hast du vorhin nicht ausgerechnet, dass unser Budget nur für zwanzig Gäste reicht?«, frage ich.

Jetzt lächelt auch Anna nicht mehr.

Willkommen bei unserer Hochzeitsplanung.

Seit ich Anna letzte Weihnachten in unserem schönen Häuschen in Göteborg einen Heiratsantrag gemacht habe – den sie freudig angenommen hat –, gleicht unser Leben einem Sprung beim Bungee-Jumping.

Erst gab es ziemlich viele Hochs, doch nun überwiegen die Tiefs.

Wenn unser Seil nicht so stark wäre, hätten wir vielleicht schon aufgegeben, aber wenigstens nehmen Anna und ich die ganzen Ups and Downs mit Humor.

Bisher.

Okay, es war von Anfang an eine Prise Sarkasmus dabei, die sich inzwischen zu einer Drei-Kilo-Gewürzmischung entwickelt hat. Und die schmeckt auf keiner Hochzeitstorte gut.

Hinzu kommt, dass jede Dienstleistung und jedes Produkt, das den Stempel *Hochzeit* trägt, mindestens das Dreifache kostet.

Man kann das leider schlecht umgehen, ein Fotograf beispielsweise, den man für eine Geburtstagsparty gebucht hat, merkt spätestens, wenn er das Brautkleid sieht, dass er sich auf einer Hochzeit befindet.

Ebenso wird es das Restaurant mitbekommen, in dem die Feier veranstaltet wird, der Schneider des Hochzeitskleids, und auch der Juwelier ist in der Lage, Eheringe von anderen zu unterscheiden.

Also kann man das entweder bezahlen, oder eine Hochzeit feiern, von der die Gäste hinterher sagen werden, sie habe sich nicht festlich angefühlt.

Ich für meinen Teil würde Anna auch nur ganz allein auf einem einsamen Sandstrand heiraten. Vorausgesetzt dort herrschen nicht minus fünfundvierzig Grad wie im Winter in Nordschweden.

Aber für Anna ist eine Hochzeit in erster Linie ein Familienfest und damit hat sie natürlich recht.

Was aber leider keines unserer Probleme löst.

»Vielleicht solltet ihr erst einmal die einfachen Entscheidungen treffen«, sagt Morten. »Zum Beispiel wann ihr heiratet.«

»Im Winter kosten viele Angebote nur die Hälfte«, sagt Anna.

»Dann kannst du mich nach den Hochzeitsfotos gleich draußen als Weihnachtsmann stehen lassen«, sage ich. »Weil ich dann festgefroren bin. Und nach dem obligatorischen Gruppenfoto meine Freunde und Familie gleich mit.«

»In dem Fall solltet ihr besser nur mit zwanzig Gästen heiraten«, sagt Morten. »Dann halten sich die Verluste an der deutschen Gästefront in Grenzen.«

Weil wir Deutsch sprechen, bin ich mir nicht sicher, ob Morten das absichtlich so formuliert hat, oder ob es ein Versehen war.

Morten ist eigentlich ein toller Kerl, aber wahrscheinlich freut ihn unterbewusst unser Leid, weil er sich so in seinem selbstgewählten Singledasein bestätigt fühlt.

Anna ignoriert seine Bemerkung und winkt ab. »Ihr Südländer seid viel zu empfindlich«, sagt sie und obwohl sie geographisch im Recht ist, ist die Mentalität von Deutschen und Südländern so gegensätzlich wie die von Darth Vader und Benjamin Blümchen.

»Also gut«, seufzt Anna schließlich. »Dann heiraten wir eben im Sommer.« Sie blättert in einem Kalender. »Am besten am Anfang der Sommerferien, damit wir noch in die Flitterwochen gehen können. Aber auch nicht ganz am Anfang, damit wir noch Zeit für die Vorbereitungen haben.« Sie schlägt ein Kalenderblatt auf. »Also ist der beste Termin für die Feier: Samstag, der 14. August.«

»Das ist ja schon in drei Monaten?«, frage ich.

»Du wolltest doch im Sommer heiraten.«

»Dann machen wir das so.«

»Gut.« Anna nickt. »Zivile Trauung einen Tag davor.«

»Also Freitag, der 13.?«

Anna beißt sich auf die Lippe.

»Was ist?«, frage ich. »Du bist doch nicht abergläubisch, oder?«

Anna schüttelt den Kopf. »Ich nicht, aber meine Mutter.«

2

Ich schaue Anna verwundert an und mir fällt auf, dass ich zwar viel über Anna weiß und sie über mich, aber dass sie meine Eltern gar nicht kennt.

Und ich die von Anna auch nicht.

Da meine Eltern immer noch glauben, ich habe meine Freundin nur erfunden, habe ich das Thema einfach ausgespart.

Ich hoffe, Anna hatte keine ähnlichen Gründe.

Ich weiß nichts über ihre Eltern, außer dass sie beide nach Kanada ausgewandert sind.

Was von den Temperaturen nicht wirklich eine Verbesserung zu Schweden darstellt.

»Wie abergläubisch ist deine Mutter denn?«, frage ich.

»Wenn sie aus Versehen mit dem linken Fuß aufgestanden ist, bleibt sie lieber im Bett.« Anna reibt sich das Kinn. »Außerdem geht sie nie ohne ihre Energiesteine aus dem Haus. Ich sag zwar immer zu ihr, die Dinger kosten viel zu viel Kraft, weil fünf Kilo Steine trägt man ja nicht im Vorbeigehen, aber sie lässt sich trotz ihrer ständigen Rückenschmerzen nicht belehren. Vielleicht liegt es aber auch an ihren ganzen ...«

Anna runzelt die Stirn. »Was ist der Plural von Talisman?«

Ich seufze. »Und dein Vater?«

»Der ist protestantisch. Freitag, der 13. ist für ihn ein Tag wie jeder andere.«

»Dann kann er doch deine Mutter überzeugen, oder?«

Anna wirft mir einen skeptischen Blick zu, schaut dann auf ihre Uhr. Schließlich murmelt sie irgendetwas davon, dass in Kanada jetzt morgens sei. »Wir rufen einfach meine Eltern an, das ist ohnehin überfällig.« Anna klappt ihren Laptop auf. »Per Videotelefon, dann sehen sie dich auch mal.«

Morten verdrückt sich in die Küche, um Tee zu kochen und den Tigerkaka aus dem Ofen zu nehmen, schwedischer Marmorkuchen. Derweil öffnet Anna Skype und klickt auf das Hochzeitsbild ihrer Eltern. Es tutet und kurz darauf hört man eine weibliche Stimme etwas auf Schwedisch sagen.

Anna entgegnet etwas, wahrscheinlich, dass ihre Mutter das Video einschalten soll. Jedenfalls erscheint auf dem Bildschirm eine blonde Frau Mitte fünfzig, die ein ziemlich farbenfrohes Oberteil trägt und mindestens drei augapfelgroße Energiesteine um ihren Hals hängen hat, aber sie lächelt freundlich.

Sie erblickt mich und sagt auf Deutsch: »Das ist ja schön mit eurer Hochzeit. Ich freue mich schon, dich kennenzulernen, Matthias. Ich bin Margareta.«

»Ich freue mich auch«, antworte ich, zumal Annas Mutter zufrieden und unkompliziert aussieht.

»Dann kann ich mein Deutsch endlich mal wieder nutzen«, sagt sie. »Mein Vater stammte ja ursprünglich aus Hamburg.«

»Wo ist denn Papi?«, fragt Anna.

Margareta beißt sich auf die Lippe. »Wisst ihr denn jetzt schon, wann ihr heiratet?«

»Samstag, 14. August, zivile Trauung einen Tag früher.«

Margareta lächelt. »Das ist ja schon bald. Schön.«

»Der Termin ist also okay?«, fragt Anna.

Margareta nickt. »Klar. Wie viele Gäste wollt ihr einladen?«

»Das ist eben eine Frage des Budgets.«

Margareta winkt ab. »Das ist keine Frage. Ich zahle selbstverständlich die Hälfte. Und ich habe natürlich auch ein paar Anregungen für eine perfekte Hochzeit.«

Das läuft doch gut, denke ich gerade, als Anna wieder fragt. »Wo ist denn Papi?«

»Habt ihr denn schon einen Priester?«, fragt Margareta schnell. »Ich werde euch da jemand ganz Speziellen vermitteln. Das wird ein unvergessliches, spirituelles Erlebnis ...«

»Die letzten Male als ich angerufen habe, war Papi auch nie da«, entgegnet Anna.

»Und ihr müsst unbedingt in der freien Natur heiraten, am besten am Meer, mit einer Bootsfahrt für alle Gäste«, sagt Margareta. »Ich kenne da noch einen sehr schnittigen Kapitän von früher.«

»Was ist mit Papi?!«, ruft Anna.

Margareta beißt sich wieder auf die Lippe. Das scheint in der Familie zu liegen. »Hab ich dir das noch

nicht erzählt?«, fragt sie schließlich. »Wir sind geschieden.«

»Was?« Anna blickt ihre Mutter geschockt an. »Ihr
seid doch beide zusammen nach Kanada ausgewandert!«

»Ja, aber ich nach Ostkanada und er nach Westka-
nada.«

> Welches Kind hätte nicht Grund,
> über seine Eltern zu weinen?
> *Friedrich Wilhelm Nietzsche, deutscher Philosoph*

3

»Warum habt ihr mir nicht von der Scheidung erzählt?«, fragt Anna, nachdem sie sich wieder gefangen hat. »Ich bin eure Tochter!«

»Wir wollten nicht, dass du dich als Scheidungskind fühlst.«

»Ich bin dreißig!«

»Was hätte es geändert, dass du von der Scheidung weißt?« Margareta reibt an einem ihrer Energiesteine. »Du hättest dir nur Gedanken gemacht. Aber du bist selbst für dein Glück verantwortlich und wir für unseres.«

Anna atmet tief aus. »Und seit wann seid ihr geschieden?«

»Als die Scheidung durch war, sind wir nach Kanada ausgewandert, eben in verschiedene Landesteile. So mussten wir niemandem etwas erklären und konnten komplett neu anfangen.« Margareta strahlt dabei, als sei das eine besonders geniale Idee gewesen.

»Wieso habt ihr euch überhaupt scheiden lassen?«, fragt Anna. »Es war doch immer recht harmonisch daheim.«

»Es war harmonisch, weil ich immer nachgegeben habe«, antwortet Margareta. »Außerdem gab es da diesen Schornsteinfeger.« Sie lächelt versonnen. »Ich dachte, es bringt Glück, wenn ich mit ihm ins Bett gehe.«

»Na, das hat ja super geklappt«, seufzt Anna.

»Wieso?«, fragt Margareta. »Ich bin jetzt glücklicher als zuvor.« Sie zuckt mit den Schultern. »Dummerweise hat dein Vater unser Schlafzimmer per versteckter Videokamera überwachen lassen.«

Anna rollt mit den Augen. »Das hättest du dir doch denken können, oder?«

»Kind, man denkt nicht in jeder Situation nach, das wirst du auch noch lernen.«

»Und wer von euch hatte die Idee, mir die Scheidung zu verheimlichen?«

»Wie du weißt, war dein Vater schon immer sehr bedacht darauf, dass nach außen hin alles in Ordnung ist«, antwortet Margareta. »Und ich fand auch, dass es besser für dein Karma wäre, wenn du es nicht erfährst.«

»Um mein Karma kann ich mich schon selbst kümmern«, seufzt Anna. »Und bei der Hochzeit tretet ihr dann als glückliches Paar auf, oder wie habt ihr euch das vorgestellt?«

Margareta reibt wieder über einen ihrer Energiesteine. »Das haben wir uns noch gar nicht vorgestellt, schließlich gab es bisher noch nicht mal Hochzeitseinladungen, oder?«

Anna beißt sich schuldbewusst auf die Lippe. »Die kommen, sobald wir wissen, wen wir alles einladen.«

»Wie auch immer, das Universum wird schon eine Lösung für uns bereithalten«, sagt Margareta. »Vielleicht tun wir einfach so, als wären wir eine Kommune, die freie Liebe praktiziert?«

Anscheinend wird das Anna zu viel, jedenfalls wechselt sie ins Schwedische und ich glaube zu verstehen, dass es besser ist, wenn ich mich kurz in die Küche verdrücke und Morten helfe.

Kaum habe ich die Küche betreten, deutet Morten auf den Laptop mit dem Videotelefonat im Wohnzimmer. »Was ist denn da grad los?«, flüstert er.

»Anna hat gerade erfahren, dass ihre Eltern geschieden sind.«

»Tja, wir Schweden reden eben nicht viel.« Morten zuckt mit den Schultern.

Als das Videotelefonat endet, serviert Morten den Tee sowie den *Tigerkaka* und ich gehe wieder zu Anna und lege meinen Arm um ihre Schulter. »Ich fasse es nicht!«, sagt sie. »Da muss ich heiraten, um zu erfahren, dass meine Eltern geschieden sind.«

»Ich dachte immer, ich wäre der Geheimniskrämer in der Familie«, sage ich.

»Tja, seine Eltern kann man sich eben nicht aussuchen.« Anna seufzt.

Ich nehme ein Stück *Tigerkaka* und beiße hinein. »Allerdings.«

»Wieso?« Anna schaut mich skeptisch an. »Was ist mit deinen Eltern?«

»Mein Vater interessiert sich nur für Fußball«, sage ich. »Das letzte Mal, dass ich ihn ohne Trikot gesehen habe, war bei meiner Konfirmation. Aber auch nur bis zum Essen, weil dann herauskam, dass er das Ding unter dem Hemd versteckt hatte.« Ich nehme noch ein Stückchen Tigerkaka. Auch wenn der Name ungute Assoziationen weckt, schmeckt der Kuchen wirklich lecker.

»Das mit dem Fußball ist sein einziges Problem?«, fragt Anna.

Ich nicke vorsichtig. »Wenn mein Vater nicht gerade ein Spiel verpasst, ist er einigermaßen in Ordnung.«

»Und deine Mutter?«

»Du kennst Alice Schwarzer?«, frage ich.

»Das ist diese Super-Emanze, oder?«

»Meine Mutter ist zehnmal schlimmer.«

Anna winkt ab. »So extrem wird sie schon nicht sein.«

»Sie hat zwei Wochen lang nur geweint, weil sie keine Tochter geboren hat, sondern mich.«

»Das war bestimmt nur der Baby-Blues. Aber danach hat sie dich doch sicher ins Herz geschlossen, oder?«

»Ich würde eher sagen, ich wurde geduldet. Ihre einzige Konzession war, dass ich keine Röcke tragen musste, aber dafür hatte ich mit Barbiepuppen zu spielen.« Ich seufze. »Und an Fasnacht musste ich immer als Biene Maja gehen. Erst nachdem mich in der ersten Klasse alle ausgelacht hatten, habe ich mich geweigert.« Ich schüttle den Kopf. »Im Grunde ist es ein Wunder, dass ich keine bleibenden Schäden davongetragen habe.«

Morten mustert mich. »Ist das so?«

»Jedenfalls will ich im Gegensatz zu dir keinen Wal heiraten.«

Morten zuckt mit den Schultern. »Vielleicht bin ich so durchgeknallt, weil meine Eltern so normal waren. Und ihr seid so normal, weil eure Eltern so durchgeknallt waren.«

Ich nicke, Anna auch und zwar voller Überzeugung.

»Außerdem hat meine Mutter *Die Ärzte* gehört«, sage ich.

»Aber das ist doch eine coole Band«, antwortet Anna.

»Ja, aber sie hat immer nur einen Song gehört. *Schwanz ab, runter mit dem Männlichkeitswahn.*«

Anna und Morten lachen, doch ich lache nicht, denn ich habe den Song in meiner Jungend mehr als tausendmal hören müssen und bekomme jetzt noch Aggressionen, wenn er läuft.

»Und was ist mit *deinem* Vater?«, wechsle ich das Thema und schaue Anna an. »Dreht er Videos, wenn er selbst das Schlafzimmer überwacht?«

Anna seufzt. »Aus meiner Kindheit existieren über zehntausend Fotos. Und das war vor der Zeit der Digitalkameras. Er hat alles dokumentiert, von der Geburt über den ersten Brei, meine hilflosen ersten Laufversuche, das erste Mal auf dem Töpfchen – wundert mich eigentlich, dass er nicht auch beim ersten Kuss dabei war.«

»Aber das ist doch toll«, sage ich. »Also, bis auf den ersten Kuss.«

»So toll ist das nicht, wenn du mehr Zeit vor dem Objektiv verbringst, als mit dem Vater dahinter.« Sie nimmt einen Schluck Tee. »Außerdem hat er aus allem einen Wettbewerb gemacht. Schon als Dreijährige ging es darum, wer den höheren Turm baut, er oder ich. Er hat mich nicht ein einziges Mal gewinnen lassen, bis ich ihn im Alter von acht Jahren endlich geschlagen hab, mit einem drei Meter Lego-Turm in unserem Garten, den ich mit Sekundenkleber verstärkt hatte. Und dann meinte er nur: Okay, jetzt steht es 1248:1.«

»Immerhin habt ihr zusammen eine Menge Türme
gebaut.«

»Von wegen. Er hat in seinem Zimmer gebaut und
ich in meinem und erst wenn wir fertig waren, wurde
die Höhe verglichen.« Ich sehe Zorn in Annas Blick.
»Zufällig war sein Turm immer ein wenig höher als
meiner. Ich habe erst mit acht geschnallt, dass er mein
Zimmer per Video überwacht hat. Dann habe ich als
Nächstes nur einen kleinen Turm in meinem Zimmer
und einen großen im Garten gebaut.«

»Er hat dich die ganze Zeit beschissen?«, frage ich.
»Die eigene Tochter?«

Anna nickt und nimmt wieder ihren Laptop. »Deswegen wird es Zeit, dass er endlich etwas zurück-
zahlt.«

4

Immerhin hat Annas Mutter ihr die neue Skype-Adresse ihres Vaters verraten, so dass sie ihn direkt per Videotelefonie anrufen kann.

»Er war übrigens auch mal Deutschlehrer«, sagt sie. »Dann hat er sein Hobby zum Beruf gemacht und eine Firma für Überwachungstechnik gegründet.«

Morten verdrückt sich wieder dezent in die Küche und Anna klickt auf die Skype-Adresse ihres Vaters.

Er nimmt das Gespräch an und schaltet natürlich gleich das Video ein. Er ist Mitte fünfzig, grauhaarig und recht gutaussehend, sieht man mal von dem Wohlstandsbauch ab. »Hallo, Papi«, begrüßt Anna ihn zu meiner Überraschung auf Deutsch. Sie deutet auf mich. »Das ist mein Verlobter Matthias.«

Ihr Vater schaut ein wenig überrumpelt drein. Er streicht sich durch das graue Haar und es wirkt, als zwinge er sich zu lächeln. »Schön dich kennenzulernen, Matthias. Ich bin Holger.«

»Ich freue mich auch«, sage ich.

»Ich rufe dich wegen unserer Hochzeit an«, sagt Anna. »Die Feier ist am Samstag, 14. August, zivile Trauung einen Tag vorher.«

»Am Freitag, dem 13.?« Er blickt überrascht auf. »Na, mir soll es recht sein.«

»Wir haben allerdings noch ein paar Budgetprobleme«, sagt Anna.

Holger reibt sich langsam das Kinn, als müsse er sich erst eine Antwort überlegen. »Als ich so alt war wie du, wollte ich unbedingt einen Porsche fahren«, sagt er schließlich. »Doch ich hatte das Geld nicht. Und was hab ich gemacht?«

Anna zuckt mit den Schultern.

»Ich hab meine eigene Firma gegründet, einige harte Jahre durchlebt, doch zack, grade mal zwanzig Jahre später hatte ich den Porsche.«

»Hast du den nicht nach drei Monaten an eine Wand gesetzt?«

»Das war beim Einparken und auch nur, weil der keine Heckkamera hatte.« Er winkt ab. »Außerdem geht es darum gar nicht. Es geht darum, dass sich nicht jeder Wunsch sofort erfüllt, sondern erst wenn man etwas dafür tut.«

»Willst du mir jetzt sagen, dass ich noch zwanzig Jahre auf die Hochzeit warten soll?«

Annas Vater reibt sich die Stirn und antwortet etwas auf Schwedisch, von dem ich nur das Wörtchen *Viggo* verstehe.

Anna läuft vor Wut rot an. »Du meinst also, mit Viggo hätte ich diese Probleme nicht gehabt?«, wiederholt Anna seine Worte. Allerdings in Deutsch, so dass auch ich sie verstehe, was ihrem Vater sichtlich unangenehm ist. »Das mag sein«, sagt sie schließlich. »Aber Viggo ist ein selbstsüchtiger, ehrloser Aufschneider, der nichts vorzuweisen hat außer Geld.«

Anna redet sich so in Rage, dass sie fast außer Atem ist. »Matthias mag zwar keine Reichtümer besitzen, aber er ist der Mann, den ich liebe.«

Okay, es mag romantischere Liebeserklärungen geben, aber mir wird trotzdem gerade ganz warm ums Herz.

Holger reibt sich das Kinn. »Wir haben dich eigentlich so erzogen, dass du auf eigenen Beinen stehst«, antwortet er. »Meine Eltern – Gott hab sie selig – haben das auch so gemacht, das ist quasi Familientradition.«

Anna atmet tief aus. »Traditionell tragen die Eltern der Braut die Kosten der Hochzeit.«

»Jetzt wollen wir mal nicht päpstlicher sein als der Papst«, antwortet Holger. »Die Eltern von Matthias werden doch sicher auch ein paar Euro beisteuern, oder?«

Anna schaut zu mir und ich schüttle den Kopf. »Margareta zahlt die Hälfte der Hochzeit«, sagt Anna.

»Soso?« Holger reibt sich wieder das Kinn. Wenn man in sein Gehirn schauen könnte, würden sich dort jetzt wahrscheinlich ein paar Rädchen drehen. »Dann zahle ich natürlich 51 Prozent«, sagt er schließlich.

»Die Hälfte reicht.«

»51 Prozent oder gar nichts«, entgegnet er. »Wenn ich schon Geld investiere, möchte ich natürlich meine Vorstellungen einbringen, damit mein Teil der Hochzeit zu einer Success-Story wird. Ihr müsst unbedingt in der Stadt heiraten, diese Landeier bekommen so was ja nie organisiert. Und die W-Lan-Abdeckung ist in der Pampa auch eine Katastrophe.«

Anna blickt ihn kühl an. »Über die Details setzen wir uns dann mit dir in Verbindung.«

»Nein, nein«, sagt er und schüttelt den Kopf. »Über die Details setze *ich* mich mit *euch* in Verbindung.« Er lächelt siegessicher. »Du weißt doch, wenn ich etwas anpacke, dann richtig.« Er holt einen Block heraus. »Wie viele Gäste ladet ihr ein?«

»Zweihundertdreiundzwanzig«, seufzt Anna.

»Also dann.« Holger schreibt etwas auf seinen Block. »Ich melde mich morgen mit einer To-do-Liste für euch und einem ersten Budgetplan.«

»Super«, platzt es aus mir heraus, doch Anna wirkt alles andere als begeistert.

»Dann kannst du mir morgen auch gleich noch das Video von eurer Scheidung schicken.« Sie wirft ihm einen durchdringenden Blick zu, den ich so noch nie an ihr gesehen habe. »Hast du ja sicher auch dokumentiert.«

Der Fußball ist einer der am weitesten verbreiteten
religiösen Aberglauben unserer Zeit.
Er ist heute das wirkliche Opium des Volkes.
Umberto Eco, italienischer Schriftsteller

5

»Alles okay?«, frage ich und nehme Anna in den Arm.

Sie nickt. »Er hätte von sich aus nie erwähnt, dass sie sich geschieden haben«, sagt sie. »Obwohl ihm klar sein musste, dass ich es weiß, wenn ich ihn auf seiner neuen Adresse anrufe.« Sie schüttelt den Kopf. »Vielleicht verstehst du jetzt, warum ich es nicht mag, wenn man mich anlügt oder mir etwas verheimlicht.«

Ich stimme zu und mache mir drei Knoten in meine Hirnwindungen, dass ich das nie vergesse. Morten kommt wieder aus der Küche, er hat noch einmal Tee aufgesetzt und schenkt jedem eine Tasse ein.

Anna nimmt einen Schluck. »Und deine Eltern können sich wirklich nicht finanziell an der Hochzeit beteiligen?«

Ich schüttle den Kopf. »Ich habe als Jugendlicher nicht mal Taschengeld bekommen und musste von den fünf Mark, die ich pro Stunde für Nachhilfestunden verdient habe, daheim die Hälfte abgeben.« Ich reibe mir die Stirn. »Zudem sind beide Rentner und jedes Mal, wenn ich sie anrufe, beschweren sie sich, dass die Rente vorn und hinten nicht reicht. Sie haben mir nicht mal geholfen, als ich damals pleite war und den Flug nach Schweden zu dir nicht zahlen konnte.« Ich seufze. »Außerdem glauben sie ohnehin, dass ich dich nur erfunden habe.«

Anna nimmt wieder ihren Laptop. »Dann sykpen wir sie jetzt auch an und sie sehen, dass ich echt bin.«

»Skypen? Meine Eltern besitzen nicht mal ein Handy.«

Morten stupst Anna an. »In Schweden zahlen ja ohnehin die Eltern der Braut traditionell die Hochzeit.«

Ich lächle. »Von der Tradition habe ich auch schon gehört.«

Anna seufzt. »Wenn meine Eltern Geld geben, wollen sie auch etwas dafür haben. Vor allem mein Vater. Und in Folge auch meine Mutter. Die werden sich gegenseitig hochschaukeln.« Sie vergräbt den Kopf in ihren Händen. »Ich will gar nicht daran denken.«

Ich nehme sie in den Arm. »Hochzeiten sind doch dermaßen traditionell, da ändern sich die Geschmäcker nicht so schnell, oder?«

»Das mag ja sein«, sagt Anna, doch sie schüttelt den Kopf. »Aber willst du ernsthaft unsere Hochzeit von einer abergläubischen Buddhistin und einem calvinistischen Kontrollfreak ausrichten lassen?«

»Mir würde es ja reichen, nur mit dir allein zu feiern.« Ich lächle Anna an.

»Und was ist mit mir?«, fragt Morten.

Ich zucke mit den Schultern. »Da Singles sich auf Hochzeiten immer beschissen fühlen, solltest du froh sein, wenn wir dich nicht einladen.«

Anna schüttelt den Kopf. »Wenn ich meine Eltern von der Hochzeit ausschließe, benehme ich mich genauso kindisch wie sie. Und die Welt wird sich nur dann ändern, wenn wir es besser machen als unsere Eltern.«

Mir ist zwar neu, dass wir mit unserer Hochzeit die Welt ändern wollen, aber ich nicke trotzdem. Denn Anna hat mal wieder recht. Im Grunde feiert man ja eine Hochzeit nicht nur für sich selbst, sondern auch für Freunde und Verwandte.

»Offensichtlich haben wir beide sehr spezielle Eltern«, sagt Anna. »Nachdem die Pubertät vorbei war, konnte ich das gut ignorieren, aber jetzt merke ich, dass mir die Familie doch wichtig ist.«

»Mir auch«, sage ich. »Nur meinen Eltern nicht.«

Anna winkt ab. »Die Hochzeit wird auch in ihnen etwas ändern.«

»Ich hoffe es«, sage ich und plötzlich wird mir heiß und kalt. »14. August?«, frage ich, schnappe mir Annas Laptop, öffne eine Homepage, seufze und schlage auf den Tisch. »Verdammt, am 14. August spielt Südwest Ludwigshafen gegen den FC Haßloch. Daheim, Saisonauftakt.«

»Und?«

»Mein Vater ist der größte – und wahrscheinlich einzige – Ultra-Fan von Südwest Ludwigshafen. Er hat noch nie ein Heimspiel verpasst.«

»Dann soll er das Spiel halt im Fernsehen anschauen.«

Ich schüttle den Kopf. »Südwest Ludwigshafen spielt nicht in der Bundesliga, auch nicht in der zweiten Liga oder in der dritten, auch nicht in der Regionalliga oder der Oberliga, sondern noch viel weiter unten in der Bezirksliga Vorderpfalz. Das ist achte Liga.«

»So tief?«

Ich nicke. »Für einen Verein, der mit dem Ziel gegründet wurde, in die Bundesliga aufzusteigen, ist das eine beachtliche Leistung, oder?« Ich fahre mir durchs Haar. »Bevor von denen auch nur ein Spiel im Fernsehen gezeigt wird, erobern eher gallertartige Außerirdische mit Raumschiffen in Form von Fruchtzwergen die Erde.«

Eltern wollen sich in ihren Kindern verwirklichen,
indem sie verhindern, dass sich ihre Kinder
verwirklichen.
Gerald Dunkl, österreichischer Psychologe
und Aphoristiker

6

Am nächsten Morgen um acht Uhr hat Annas Vater tatsächlich eine To-do-Liste für uns mit achtundvierzig Hauptpunkten und einhundertsiebenundachtzig Unterpunkten gesendet, sowie einen unterschriftsreifen Vertrag mit einem protestantischen Pfarrer für die Trauung. Plus natürlich eine detaillierte Budgetplanung über zweihunderttausend Schwedische Kronen für seinen 51-Prozent-Anteil an der Hochzeit.

Er will unter anderem 51 Prozent der Fischkirche mieten, eine der bekanntesten Sehenswürdigkeiten Göteborgs, die ich einmal fast erfolgreich aus Streichhölzern nachgebaut habe.

Außerdem will er die Hochzeit von einem dreiköpfigen Videoteam dokumentieren lassen, inklusive Livestream ins Internet. Nur das Video der Scheidung fehlt in seiner Mail, was Anna damit erklärt, dass er immer nur seine Erfolge aufgezeichnet habe, aber nicht seine Misserfolge.

So habe er, nachdem sie mit acht Jahren den höheren Legoturm gebaut hatte, nur noch einmal einen Turm errichtet, der noch höher gewesen war und dann nie wieder mit ihr einen Turm gebaut.

Nun habe ich mit der Aufzeichnung meines Junggesellenabschieds nicht unbedingt die besten Erfahrungen gemacht, geschadet hat es am Ende allerdings auch nicht.

Da Video-Paule inzwischen auf Bäcker umgeschult hat, dürfte sein Film *Fear & Loathing in Ludwigshafen* kein großer Erfolg gewesen sein.

Also wird die Aufzeichnung der Hochzeit wahrscheinlich niemanden außer den Gästen interessieren.

Und uns natürlich.

Insofern habe ich da keine Vorbehalte – im Gegensatz zu Anna. Doch das liegt wahrscheinlich eher an ihrem Vater, als an den Aufnahmen selbst.

Meinen Eltern habe ich den Hochzeitstermin auch mitgeteilt, das heißt, genau genommen nur meiner Mutter per Telefon. Sie meinte, sie würde sich den erst eintragen, wenn sie auch eine Einladung hätte, von Anna unterschrieben.

Ich kann nur hoffen, dass sie meinen Vater überzeugt, mitzukommen.

Anna hat die Überlegungen ihres Vaters per E-Mail weiter an ihre Mutter gesendet und nicht mal fünf Stunden später erhalten wir auch von ihr eine Liste mit Vorschlägen und entsprechenden Kosten, die sie übernimmt.

Anna überfliegt die E-Mail ihrer Mutter, schreit kurz auf und rauft sich die Haare. »Meine Mutter will in den Schären feiern, auf einem abgelegenen Inselchen, mein Vater mitten in Göteborg in der Fischkirche, meine Mutter will einen buddhistischen Guru einladen, mein Vater einen protestantischen Pfarrer, meine Mutter möchte keine Hochzeitsfotos, sondern ein

Ölgemälde des Hochzeitspaars, aber bitte nur aus biologisch angebauten Leinölfarben, mein Vater will eine umfassende Videodokumentation, die mit jeder Königshochzeit mithalten soll, meine Mutter will ...«

»Sind die beiden sich in einem Punkt einig?«, unterbreche ich sie.

»Ja, sie meinen, die Vorschläge des anderen könne man jeweils ignorieren, es würde reichen, wenn sie das Geld geben.«

»Ihnen ist schon klar, dass es unsere Hochzeit ist, oder?«

Anna zuckt mit den Schultern. »Du weißt doch, für die eigenen Eltern bleibt man immer ein Kind.«

»Und was machen wir jetzt?«

»Wir suchen uns die Vorschläge raus, die uns am besten gefallen und dann schicken wir sie den beiden.«

»Meinst du sie gehen darauf ein?«, frage ich.

Anna schüttelt den Kopf. »Nein, aber wenn wir es gar nicht erst versuchen, müssen sie sich selbst einigen und da sehe ich rabenschwarz.«

»Und wenn sie unsere Vorschläge ignorieren?«

»Dann können wir uns immer noch Gedanken machen. Jedenfalls müssen wir heute noch den Termin an unsere Gäste schicken, wir sind im Grunde schon zu spät.«

Ich seufze, doch da ich auch keine bessere Idee habe, schicken wir unsere Vorschläge, die relativ wenig mit denen von Annas Eltern zu tun haben.

Zehn Minuten später kommt eine Antwort von Annas Vater, in der er anbietet, uns Flitterwochen auf den Seychellen zu finanzieren, wenn wir seine Vorschläge allesamt übernehmen.

»Warum macht er das?«, frage ich.

»Einfach nur um meine Mutter auszustechen.« Anna schüttelt den Kopf. »Trotzdem ist es verlockend. Vor allem, wenn wir mit mehr als zwanzig Gästen und unseren Ideen feiern, haben wir anschließend kein Geld mehr für Flitterwochen.«

»Aber wenn wir sein Angebot annehmen, müssen wir bis dahin durch die Hölle.«

»Und wenn wir den beiden sagen, sie sollen sich selbst einigen?«, fragt Anna. »Und wir lassen uns überraschen? Das mussten sie ja früher bei meinem Geburtsgeschenk auch. Das hat immer geklappt, und wir sparen uns eine Menge Nerven.«

»Aber es ist dann nicht mehr unsere Hochzeit.«

»Doch, das ist es«, entgegnet Anna. »Wir heiraten. Und egal wie schlimm die Feier im ersten Moment ist, spätestens in zwanzig Jahren lachen wir darüber.«

»Das klingt jetzt aber ziemlich unromantisch.«

Anna zuckt mit den Schultern. »Auch Frauen haben das Recht, mal pragmatisch zu sein.« Sie lächelt mich an. »Außerdem ist mir viel wichtiger, *wen* ich heirate, als *wie* das geschieht.«

Das finde ich jetzt wiederrum eine sehr romantische Bemerkung und gebe Anna einen Kuss. »Und du meinst, deine Eltern kriegen das hin?«

Anna zuckt mit den Schultern. »Das werden wir erst wissen, wenn es zu spät ist. Wir müssen uns jetzt entscheiden, ob wir mit zweihundertdreiundzwanzig Gästen nach ihren Regeln feiern oder mit zwanzig nach unseren.«

Ich seufze. »Wenn ich mein Bauchgefühl frage, sagt es, lieber mit zwanzig Gästen nach unseren Regeln.«

»Und wenn du dein Hirn fragst?«

»Das will natürlich auf die Seychellen.«

»Wenn die beiden sich einigen, glaube ich nicht, dass wir die Reise von meinem Vater geschenkt bekommen.«

»Also, dann will mein Hirn auch nur mit zwanzig Gästen feiern. Und was meinst du?«

Anna beißt sich auf die Lippe. »Die Hochzeit wäre ein gemeinsames Projekt meiner Eltern, vielleicht finden sie dadurch wieder zusammen. Das würde mich so glücklich machen.«

Sie schaut mich mit diesem bittenden Blick an, der mich alle Einwände vergessen lässt und im nächsten Moment ist es entschieden.

Drei Monate später

Hallo Leute, ein guter Freund von mir hat für nächsten Samstag zwei Tickets für das Champions League Finale in Mailand. Leider hat er vergessen, dass er an diesem Tag heiratet! (Er hat die Tickets schon vor Monaten gekauft, bevor das genaue Datum für die Hochzeit festgelegt wurde.) Frage jetzt an alle: Hat jemand Interesse am Samstag zu heiraten? Irgendjemand?
Unbekannt, aber verzweifelt

7

Ein wenig angeschlagen stehen Anna und ich am Flughafen in Stockholm und warten auf ihre Eltern. Holger und Margareta haben verschiedene Flüge aus Toronto respektive Vancouver gebucht, treffen aber fast zur selben Zeit ein.

Anna ist so sauer, als hätte sie einen Sauerbraten im Sauerbrotteig mit Sauerkraut gegessen und als Nachtisch drei Sauerdrops mit Zitronengeschmack gelutscht. Denn auf dem Hinweg zum Flughafen hat sie mit Isabella della Stella telefoniert, ihrer Trauzeugin. Diese hat Anna gerade gebeichtet, dass sie nicht auf die Hochzeit kommen kann, denn am selben Tag findet in London ein Britney-Spears-Konzert statt, das sie unbedingt mit Viggo besuchen muss.

Es wäre total schwer gewesen, dafür Karten zu bekommen und die Flüge nach London wären ja auch nicht einfach so vom Himmel gefallen. Als sie alles schon gebucht und bezahlt hatte, da erst hätte sie bemerkt, dass am selben Termin die Hochzeit sei und jetzt sei es eben zu spät.

Ja, es ist in der Tat spät, nämlich genau vier Tage vor unserer Hochzeit.

Nicht mal für die Beatles-Reunion hätte ich das verstanden, selbst dann nicht, wenn John Lennon und George Harrison dafür aus ihrem Grab auferstanden wären.

Und für Britney – *ich bin für die Todesstrafe, damit der Täter seine Lektion fürs nächste Mal lernt* – Spears erst recht nicht.

Nach dieser Ausrede halte ich selbst Donald Trump für glaubwürdiger als Isabella della Stella und das will einiges heißen.

Anna sieht das wahrscheinlich auch so, ist aber viel zu verärgert, das auszusprechen.

Zumal sie keiner ihrer Freundinnen den Job als Trauzeugin so kurzfristig zumuten möchte. Vor allem angesichts der Bedingungen, unter denen unsere Hochzeit stattfinden wird.

Wenigstens sind das heute die einzigen schlechten Nachrichten, jedenfalls bisher.

Weil Anna die Hoffnung hat, dass die Vorbereitung unserer Hochzeit ihre Eltern wieder zusammenbringt, haben wir die beiden tatsächlich alles planen lassen. Damit ihre Eltern auch wirklich direkt miteinander reden und nicht über uns, haben wir uns weitgehend rausgehalten.

Ich habe keine Ahnung, ob die Hochzeit der eigenen Tochter die richtige Gelegenheit ist, um eine Scheidung rückgängig zu machen oder ob die Feier die beiden vollends entzweit. Aber aufgrund unserer Budget-

Probleme hatten wir ohnehin keine andere Wahl und jetzt ist es sowieso zu spät für einen Kurswechsel.

Wenigstens haben Annas Eltern sich irgendwie geeinigt, wenngleich Anna und ich noch nicht wissen, wie die Einigung aussieht. Es soll alles eine große Überraschung sein. Ich mag ja Spontanität, aber das geht echt an meine Grenzen. Wir heiraten in exakt vier Tagen und haben keine Ahnung wie!

Ich tröste mich damit, dass in manchen Ländern die Kinder nicht mal den Ehepartner aussuchen dürfen, denn natürlich feiere ich lieber die schlimmste Hochzeit der Welt mit Anna als die perfekte mit Anabolika-Heidemarie. Zwar ist es gewöhnungsbedürftig, bei der eigenen Hochzeit kein Mitspracherecht zu haben, aber wenigstens durften wir bei der zivilen Trauung mitbestimmen, weil die von den Brautpaaren selbst angemeldet werden muss.

Interessanterweise macht man das nicht beim Standesamt, denn das gibt es in Schweden gar nicht, sondern bei der Steuerbehörde. Die stellt einem auch ein Ehefähigkeitszeugnis aus und das vor der Hochzeitsnacht!

Erst dachte ich, die legen sich dafür nachts unter das Bett der Zukünftigen, aber tatsächlich schauen sie nur, ob die Dokumente alle in Ordnung sind und wahrscheinlich auch, ob alle Steuern bezahlt sind.

Wie auch immer, unsere zivile Trauung findet direkt in Göteborg statt, mit einem anschließenden Umtrunk in der Fischkirche, den Annas Vater organisiert hat. Die Trauungszeremonie am nächsten Tag und die anschließende Feier finden hingegen auf einer einsamen Schäreninsel statt.

Mehr wissen wir nicht über unsere Hochzeit. Ich habe die Hoffnung, dass Annas Eltern für alle Entscheidungen einen ähnlich guten Kompromiss gefunden haben, aber Anna ist da deutlich skeptischer.

Wenigstens haben wir noch vier Tage Zeit, um die schlimmsten Entscheidungen geradezubiegen.

Falls wir überhaupt die Chance dazu bekommen.

Immerhin wird es in zwei Tagen eine Probe der Trauung geben, bei der wir sogar anwesend sein dürfen.

Annas Eltern haben eine Menge Gepäck angekündigt und ich freue mich darauf, dass sie eine Weile bei uns bleiben. Annas Vater bringt sogar einen Assistenten mit, für was auch immer.

Daher habe ich einen Minivan gemietet, so dass wir für alle Eventualitäten gerüstet sind.

Anna blinzelt nervös. »Ich bin so gespannt, wie es ist, wenn meine Eltern sich wiedersehen.«

»Meinst du, sie haben sich vermisst?«

»Klar, sie waren fünfundzwanzig Jahre verheiratet!«

Da kann man auch erst mal genug voneinander haben, denke ich, doch ich sage es nicht, weil ich Anna die Vorfreude nicht nehmen will.

»Ich habe schließlich extra unser Bed & Breakfast für beide hergerichtet, mit ihren Hochzeitsfotos und Erinnerungen von früher.«

»Die beiden wissen, dass sie zusammen in einem kleinen, kuschligen Zimmer mit nur einem Bett übernachten?«, frage ich. »Und dass wir kein zweites Zimmer haben?«

Anna schüttelt den Kopf. »Die Hochzeit ist eine Überraschung für uns und das ist eine Überraschung für sie.«

Ich hoffe, dass die Aktion nicht nach hinten losgeht, aber auch das behalte ich für mich.

»Also, pass auf«, sagt Anna. »Meine Mutter kommt hier an Terminal 2 mit dem Flug aus Vancouver an, mein Vater an Terminal 5. Ich hole ihn dort ab und wir treffen uns am bestem in diesem Café.« Sie deutet auf eines der typischen, gesichtslosen Flughafencafés. »Während ihr auf uns wartet, kannst du Margareta ein wenig kennenlernen. Am besten du fühlst schon mal vor, ob sie sich freut, Holger wiederzusehen.«

Ich nicke und schon ist Anna verschwunden wie ein blonder Wirbelwind.

Zum Glück weiß ich dank des Videotelefonats, wie Margareta aussieht. Ich freue mich, sie kennenzulernen, denn sie hat auf mich einen netten Eindruck gemacht, trotz Annas Vorbehalten. Und sehen wir selbst unsere Eltern nicht immer viel kritischer, als sie es verdienen?

Nach einer Weile kommen die ersten Passagiere aus Vancouver an. Margareta erkenne ich sofort, obwohl sie ein wenig gebückt läuft. Wahrscheinlich liegt das daran, dass neben den augapfelgroßen Energiesteinen, die ich schon vom Skypen kenne, auch noch einer um ihren Hals hängt, der fast den Umfang eines Handballs hat.

Zu meiner Überraschung trägt oder rollt sie keinen Koffer, nicht mal eine Tasche.

»Soll ich dir den Stein abnehmen?«, frage ich.

»Meinen Reiseenergiestein?« Sie schaut mich an, als hätte ich so ein Riesending um den Hals hängen. »Wo denkst du hin? Der Achat sorgt dafür, dass ich frisch und munter in Göteborg ankomme.«

Ich nicke so, wie man einer Fünfjährigen zunickt, die einem gerade ihre Theorie der Welt eröffnet hat, in der Einhörner eine entscheidende Rolle spielen. »Wo hast du denn deine Koffer?«

Sie deutet auf einen kleinen, dürren, asiatischen Mann um die fünfzig, der ihr nachfolgt und drei Koffer hinter sich herzieht. »Die trägt mein Freund.«

Söhne glauben immer an die Tugend ihrer Mutter,
ebenso die Töchter, aber weniger.
Anatole France, Nobelpreisträger für Literatur

8

Der kleine asiatische Mann bleibt vor mir stehen und verbeugt sich bis fast hinab zum Boden.

»Das ist Mr. Yin«, sagt Margareta. »Er stammt aus Japan. Wir haben uns im Internet kennengelernt und er hat mich in die Kunst des taoistischen Kamasutras eingeführt.«

So genau wollte ich das zwar gar nicht wissen, aber ich nicke trotzdem freundlich und reiche ihm die Hand.

»Ich freue mich, zu sein in schönes Land hier«, sagt Mr. Yin in gebrochenem Deutsch und lächelt mich stolz an, obwohl sein Satz wie auswendig gelernt klingt.

Anderseits kenne ich bis auf Karate, Kimono und Karaoke überhaupt keine japanischen Wörter und wäre wahrscheinlich auch stolz, wenn ich einen Satz in Japanisch auswendig könnte, also lächle ich ihn anerkennend an und erkläre ihm, dass ich mich auch freue, ihn kennenzulernen.

Er lacht unsicher und nickt, wahrscheinlich hat er mich nicht verstanden. Ich wende mich wieder an Margareta. »Wir treffen Anna in dem Café da vorn.«

Auf dem Weg dorthin läuft Mr. Yin ehrerbietig hinter uns her, fast wie ein Diener.

»Stammt Kamasutra nicht aus Indien?«, flüstere ich Margareta zu.

»Yin ist polyglott.« Sie stupst mich an. »Und ich bin auch irgendwas mit poly.« Margareta muss kichern wie ein Teenager. Ich habe den Witz zwar verstanden, lächle aber nur aus Höflichkeit mit.

»Der Termin auf dem Standesamt war nur ein Scherz, oder?«, fragt Margareta. »Niemand, der noch alle Sinne beisammen hat, heiratet am Freitag, dem 13.«

»In Italien bringt die dreizehn Glück«, entgegne ich.

»Ihr seid aber keine Italiener.« Margareta schüttelt ungehalten den Kopf. »Was für eine Jungfrau mit Aszendent Schütze Glück bringen mag, kann für einen Widder mit Neptun im dritten Haus tödlich sein!«

Ich bin ja eher auf Harmonie gepolt, aber bei offensichtlichem Unsinn kann ich nicht anders, als zu widersprechen. »Wir sind nicht abergläubisch«, sage ich und winke ab.

»Es reicht, dass eure Schutzengel es sind.«

Ich muss an all die Missgeschicke denken, die mir in den letzten Jahren passiert sind, wie ein inkontinenter Geschirrspüler, ein versehentlich eingenommenes Abführmittel und ein perfekter Nachbau der Fischkirche aus Streichhölzern, der in Flammen aufgegangen ist. »Glaub mir, wenn ich einen Schutzengel hätte, dann hätte ich das schon lange mitbekommen.«

»Daran siehst du nur, wie gut er arbeitet.« Margareta streicht über einen ihrer Energiesteine. »Wie auch immer, beim Standesamt ist das letzte Wort noch nicht gesprochen.«

Ich zucke mit den Schultern, denn Anna wird ihr schon klarmachen, dass es keine Alternative gibt. Keine Sekunde nachdem wir an das Café gekommen sind, nimmt Margareta ihren großen Reiseenergiestein ab, packt ihn in einen Koffer und holt einen kleineren heraus. »Der Bergkristall dient zur Erholung in einer Reisepause«, sagt sie. Angesichts des Gewichtsunterschiedes glaube ich ihr das sofort.

Margareta scheint darüber mehr erzählen zu wollen, aber ich wechsle trotzdem das Thema. »Was wollt ihr denn trinken?«, frage ich.

»Zwei koffeinfreie Latte Macchiato mit laktosefreier Milch«, antwortet Margareta. »Aber nur wenn die Bohnen fair gehandelt sind und bio natürlich.«

Ich nicke und bin schon auf dem Weg zur Theke, als sie mir nachruft: »Und die Milch fettarm, nicht pasteurisiert und nur von glücklichen Kühen, die noch beide Hörner tragen! Aber das ist ja selbstverständlich, oder?«

Nun sind Flughafencafés weltweit eher für ihre Austauschbarkeit und ihre überhöhten Preise bekannt als für ihre Nachhaltigkeit, aber ich versuche mein Glück trotzdem.

Schließlich komme ich mit drei frisch an einem Wasserspender gezapften Pappbechern wieder zurück an den Tisch.

»Das war das einzig ökologisch korrekte Getränk«, sage ich und stelle drei Wasser auf den Tisch.

Margareta mustert die Becher skeptisch.

»Die Pappe ist aus Altpapier«, erkläre ich, bevor meine Schwiegermutter in spe etwas sagen kann.

Mr. Yin scheint sich über das Wasser zu freuen, jedenfalls leert er es in einem Schluck, ich hole Nachschub und das ganze wiederholen wir zweimal.

»Wo übernachtet eigentlich Mr. Yin?«, frage ich, nachdem sein Durst einigermaßen gestillt scheint.

»Na, ihr habt uns doch euer Bed & Breakfast reserviert.« Margareta wirft Mr. Yin einen ziemlich eindeutigen Blick zu. »Wir sind schon ganz ausgehungert nach dem langen Flug.«

Auf Reisen lass die Scham fallen.
Japanische Weisheit

9

Ich beiße mir auf die Lippe, denn eigentlich war das Bed & Breakfast für die Versöhnung von Annas Eltern vorgesehen, nicht für Margaretas private Kamasutra-Vergnügungen.

Auch darüber wird Anna mit ihr reden müssen.

Wenn sie erst einmal den Schock verkraftet hat, dass ihre Mutter nicht mehr Single ist.

Nachdem ich noch einmal einen Becher Wasser für Mr. Yin geholt habe, erklärt er auf Englisch, dass er mal für kleine Japaner müsse und verschwindet auf dem WC.

Kaum ist er gegangen, kommt ein junger Typ mit einer großen Videokamera auf der Schulter auf Margareta und mich zu. Wie ich an dem rot leuchtenden Licht der Kamera erkenne, zeichnet diese gerade auf.

Und zwar Margareta und mich.

Annas Mutter seufzt genervt und ich will den Mann mit der Kamera gerade bitten, mit dem Filmen aufzuhören, als dieser die Kamera von der Schulter nimmt und mit ausgestreckter Hand auf uns zukommt. »Ich bin Erik, der Assistent von Herrn Svenson.«

Noch während ich die Hand des Mannes schüttle, holt er mit der anderen aus seiner Jackentasche eine streichholzschachtelgroße GoPro-Kamera, die normalerweise von Sportlern verwendet wird, um ihre Aktivitäten zu filmen. Ohne zu fragen, heftet er sie mir mit einer Klammer an meinen Mantel und schaltet sie an.

Das Gleiche macht er mit Margareta, die kurz aber erfolglos protestiert. Dann dreht er sich von uns weg und ruft: »Sie können kommen.«

Im nächsten Moment treten Anna und ihr Vater Holger hinter einer Säule hervor, beide rollen zwei randvolle Gepäckwagen vor sich her. Auch an ihrem Oberkörper erkenne ich je eine GoPro mit rotem Aufnahmelicht. Anna wirkt wenig begeistert, doch als sie ihre Mutter sieht, ändert sich ihr Gesichtsausdruck und sie läuft freudestrahlend zu ihr hin.

»Das sind Emotionen!«, ruft ihr Vater. »Live, in Farbe, in Stereo, mit Bildstabilisation.« Dann kommt er auf mich zu und reicht mir die Hand. »Du musst Matthias sein.«

Ich nicke, schüttle seine Hand, will etwas antworten, da ist er schon auf dem Weg zu Margareta. Im Augenwinkel beobachte ich, wie die beiden sich begrüßen, er hält ihr die Backe hin und sie ihm die Hand. Am Ende lächeln sie sich nur verlegen an und sagen leise *Hallo.*

Dann wendet sich Margareta wieder Anna zu und wohl weil es ihm peinlich ist, allein dazustehen, dreht sich Holger wieder zu mir.

»Was gibt das mit der Kamera?«, frage ich ihn.

»Wir werden die gesamte Hochzeit aufnehmen, jeder Gast erhält eine GoPro und ihr könnt hinterher die Feier aus der Perspektive jedes Besuchers anschauen.«

»Also so wie *Täglich grüßt das Murmeltier*, nur immer mit dem gleichen Ende?«

Holger nickt. »Und es ist immer ein Happy End.«

Ich suche Annas Blick, doch sie ist in einem intensiven Gespräch mit ihrer Mutter, also wende ich mich wieder Holger zu. »Und wenn ein Gast keine Aufnahmen von sich will?«

»Man filmt ja nicht sich selbst, sondern die anderen Gäste.« Holger deutet auf seine Kamera. »Stell dir mal vor, jemand kommt auf eure Hochzeit und sagt, es darf niemand ein Foto machen, weil er nicht fotografiert werden möchte. Das wäre doch total absurd,
oder?«
Ich nicke vorsichtig.
»Eben«, sagt Holger. »Wer auf eine Hochzeit geht, weiß, dass er fotografiert oder gefilmt wird und nichts anderes machen wir.«

»Aber da werden sicher auch einige peinliche Szenen aufgenommen«, sage ich.

Holger winkt ab. »Spätestens in zwanzig Jahren kann jeder darüber lachen.«

Ich deute auf die Kamera. »Aber der Akku hält doch gar nicht die ganze Feier durch, oder?«

»Natürlich sind da nur die leistungsstärksten Akkus drin und ich habe diverse Ersatzgeräte zum Austauschen dabei.«

In dem Moment sehe ich, dass sich Mr. Yin wieder zu uns gestellt hat, ganz unauffällig. Nicht einmal Margareta scheint ihn zu bemerken, jedenfalls unterhält sie sich immer noch mit Anna, weswegen sie ihren Freund nicht vorstellt.

Schließlich sieht Holger Mr. Yin und macht ein paar Schritte auf ihn zu. »Entschuldigung, das hier ist eine private Veranstaltung«, sagt er.

»Ich freue mich, zu sein in schönes Land hier«, antwortet Mr. Yin.

Holger setzt ein unfreundliches Lächeln auf und wiederholt seine Bemerkung auf Englisch.

Mr. Yin lächelt auch und sagt seinen Satz ebenfalls auf Englisch.

Als Holger daraufhin den Kopf schüttelt, wiederholt Mr. Yin seinen Satz auf Schwedisch.

Jetzt endlich bemerkt Margareta ihn und legt ihre Hand auf seine Schulter: »Ich habe glatt vergessen, euch meinen neuen Lebenspartner vorzustellen.«

Anna blickt Mr. Yin geschockt an und Holger entgleist dermaßen das Gesicht, dass er sicher auch in zwanzig Jahren nicht wird darüber lachen können.

10

Jetzt begrüßen auch die anderen Mr. Yin und er erklärt jedem, dass er sich freut, in diesem schönen Land zu sein.

Holger zögert ein wenig, doch dann steckt er auch Mr. Yin eine GoPro-Kamera an dessen Jacke.

Ich nutze den Moment, nehme Anna beiseite und deute auf Margareta und ihren Partner. »Die beiden gehen übrigens davon aus, dass sie in unserem Bed & Breakfast übernachten.«

Anna seufzt. »Holger auch. Wobei er für seinen Assistenten ein eigenes Zimmer in einem Hotel in der Stadt organisiert hat.«

Ich versuche ein aufmunterndes Lächeln. »Also haben wir in unserem Haus entweder rund um die Uhr Überwachung oder rund um die Uhr Kamasutra.«

»Ich dachte, das kommt aus Indien?«

»Das dachte ich auch.«

»So schnell gebe ich nicht auf«, sagt Anna. »Er liebt sie noch und sie ihn auch.«

»Das sah eben aber nicht so aus.«

»Meine Mutter verdrängt das nur.«

Ich blicke zu Margareta und Mr. Yin, die sich Händchen haltend anhimmeln, als würden sie am liebsten gleich hier am Flughafen mit einer Lektion Kamasutra beginnen.

»Ich hoffe, du hast recht«, sage ich. »Aber momentan werden deine Eltern kaum zusammen in unserem Bed & Breakfast übernachten wollen, oder?«

Anna nickt. »Leider. Ich buche nachher ein Zimmer für meinen Vater und eines für Mr. Yin.«

»Für ihn auch?«

»Dann müssen wir ihn später nicht ausquartieren.«

Anna ist so fest entschlossen, ihre Eltern wieder zusammenzubringen, dass sie wahrscheinlich gleich auf der Heimfahrt nach Göteborg damit anfangen wird. »Ich denke, wir sind komplett«, sage ich und laufe los in Richtung Minivan.

Holger schaut mich irritiert an. »Wann kommen denn deine Eltern?«

»Morgen«, antworte ich.

»Da komme ich wieder mit zum Flughafen, damit wir auch deren Ankunft von Anfang an aufzeichnen.«

Ich nicke, bin jedoch alles andere als begeistert. Zwei Oggersheimer in Schweden, das wird sicher die eine oder andere Verwicklung geben, die dann für immer dokumentiert ist.

Vielleicht sollte ich erst einmal herausfinden, wie man die Videos auf dieser Kamera wieder löschen kann.

»Wir können noch nicht los«, sagt Margareta.

Ich winke ab. »Ich habe einen Minivan gemietet, der hat sechs Sitzplätze, passt also.«

»Und die ganzen Koffer?« Holger zeigt auf die beiden vollgepackten Gepäckwagen, die sein Assistent schiebt.

»Das wird zwar knapp«, antworte ich. »Aber notfalls legen wir ein paar Koffer in den Fußraum.«

Margareta nimmt mich beiseite. »Wir werden ohnehin einen zweiten Wagen nehmen müssen.«

»Ich habe nur einen gemietet«, sage ich. »Es ist nach Göteborg zwar ein Stück zu fahren, aber wenn wir ein wenig zusammenrücken, geht das schon.«

Sie schüttelt den Kopf. »Glaub mir, wir brauchen einen zweiten Wagen.« Sie geht mit mir noch ein paar Schritte weg von den anderen. »In einer Stunde landet mein zweiter Freund, Mr. Yang.« Sie beugt sich noch näher zu mir, zwinkert mir zu und flüstert: »Und Mr. Yin weiß nichts von Mr. Yang und umgekehrt, das heißt, sie dürfen sich keinesfalls sehen.«

Yin und Yang, männlich und weiblich,
hart und weich, Himmel und Erde,
Licht und Dunkel, Donner und Blitz,
kalt und warm, gut und schlecht.
Das ist die Wechselwirkung der gegensätzlichen
Prinzipien, die das Universum formen.
Konfuzius, chinesischer Philosoph

11

Nachdem ich Anna über Mr. Yang eingeweiht habe, ist sie nicht mehr ganz so überzeugt, dass sie ihre Eltern wieder zusammenbringen kann.

Wir entscheiden, dass Anna den Minivan nimmt und ihren Vater, den Assistenten und Mr. Yin in einem Hotel einquartiert, während ich mit ihrer Mutter und Mr. Yang einen zweiten Mietwagen nehme.

Gerade als ich den gebucht habe, stelle ich fest, dass der Flug aus Peking eine Verspätung hat, die selbst die deutsche Bahn vor Neid erblassen lassen würde. Sieben Stunden!

In denen ich nichts über unsere Hochzeit erfahre, denn das soll ja eine Überraschung sein. Stattdessen lerne ich alles über die Anwendungsgebiete der verschiedenen Energiesteine. Leider gibt es keinen, der die Zeit schneller vergehen lässt.

Oder Margaretas Sehnsucht nach ihrem Mann wiederbelebt.

»Du hast also wirklich zwei Partner?«, frage ich sie, um das Thema von den Energiesteinen zu ihrem Ex-Mann zu lenken.

»Ein Mann allein kann nie die Bedürfnisse einer erfahrenen Frau wie mir decken«, sagt sie. »Das habe ich spätestens mit Holger gelernt.«

»Vielleicht ist es gar nicht gut, wenn alle Bedürfnisse gedeckt werden«, antworte ich. »Das Endresultat stelle ich mir vor wie einen kugelrunden Mann, für den jeden Tag Fußballweltmeisterschaft im Fernsehen läuft und der von seiner Frau nur gestört wird, wenn sie ihm ein frisches Bier bringt oder in der Halbzeitpause einen ...«

»Ich weiß, worauf du hinaus willst«, unterbricht sie mich. »Aber Frauen sind eben vielschichtiger als Männer. Wir wissen, welche Bedürfnisse uns guttun und welche nicht.«

Ich bezweifle zwar, dass die meisten Männer das nicht wissen, aber ich komme gar nicht dazu, zu widersprechen.

»Das ganze Leben ist Yin und Yang«, sagt Margareta derweil. »Da sollte man auch seine Partner nicht von ausnehmen.«

»Mr. Yin kenn ich jetzt ja schon«, antworte ich. »Aber was zeichnet Mr. Yang denn so aus?«

Margareta lächelt versonnen. »Das wirst du schon noch früh genug selbst entdecken.«

»Und Holger vermisst du nicht?«

»Ich vermisse den Mann, den ich geheiratet habe, nicht den, der er heute ist.« Sie streicht sich durch ihr blondes Haar. »Früher ist er am liebsten mit mir wandern gegangen, nur wir beide, ein Zelt und Proviant.

Wir hatten nicht mal eine Uhr dabei. Schau ihn dir jetzt an, er ist ein Technikjunkie und Kontrollfreak.«

Ich nicke. »Energiesteine hattet ihr aber auch keine dabei, oder?«

Das Flackern in ihren Augen verrät, dass ich mit meiner Bemerkung ins Schwarze getroffen habe. Doch es dauert keine Sekunde, dann hat sie an einem ihrer Energiesteine gerieben und wirkt wieder völlig kontrolliert. »Schon klar, ihr Männer müsst immer zusammenhalten.«

»Sorry«, sage ich. »Anna wünscht sich eben, dass ihr wieder zusammenfindet.«

»Wie kann sie sich das wünschen?«, fragt Margareta. »Sie wusste ja nicht mal, dass wir geschieden sind.«

»Das lag nicht an ihr, oder?«

Margareta seufzt. »Wenigstens verteidigst du deine Zukünftige, dann besteht eine Chance, dass ihr besser zusammenpasst als Holger und ich.« Sie räuspert sich. »Können wir jetzt über etwas anderes reden?«

Über was redet man mit der künftigen Schwiegermutter, wenn man die Themen Hochzeit und Ex-Mann nicht ansprechen darf und das Thema Energiesteine nicht mehr hören kann?

Tja, unter Männern wäre das einfach, man unterhält sich über Fußball. Soweit jedenfalls das Klischee.

Und ich habe auch keine Lust, mich über die aktuelle Mode, den neuesten Tratsch aus dem schwedischen Königshaus oder über die letzte Bachelor-Staffel zu unterhalten, um beim Thema Klischee zu bleiben.

»Findest du IKEA-Hotdogs auch so lecker?«, frage ich schließlich, nachdem wir uns fast eine halbe Stunde angeschwiegen haben.

»Ich bin selbstverständlich Veganerin.«

Ich spare mir die Frage, was das für unser Hochzeitsmenü bedeutet, denn das soll ja sicher auch eine Überraschung sein. Jetzt folgt sogar eine Stunde Schweigen, bis ich auf die Idee komme, sie nach Annas Kindheit zu fragen, woraufhin es aus Margareta heraussprudelt wie aus einer überlaufenden Quelle.

Sie erzählt so viel, dass ich mir nur merken kann, dass Anna im Alter von fünf Jahren aus alten Pappkartons und gelber und blauer Farbe einen eigenen IKEA gebaut hat, in dem es Möbel aus Legosteinen zu kaufen gab. Die sie natürlich selbst entworfen hat.

Außerdem hat Anna schon ab der dritten Klasse den Nachbarsjungen Nachhilfeunterricht gegeben, die sich allesamt in sie verliebt haben, was aber nicht auf Gegenseitigkeit beruhte, denn sie waren Anna nicht clever genug.

Dann endlich landet der Flug aus Peking und eine halbe Stunde später kommt ein dicklicher, grauhaariger Chinese mit zwei Koffern aus der Zollabfertigung gelaufen. Noch bevor er uns begrüßt, steckt er sich eine Zigarette an, trotz Rauchverbot.

Margareta stürmt freudig auf ihn zu, doch der Mann zieht erst noch mal an seiner Kippe, bevor er ihr einen Begrüßungskuss gibt.

Schließlich führt sie ihn zu mir und er deutet mit der brennenden Kippe auf sich selbst. »Yang.« Dann zeigt er auf mich und schaut mich fragend an.

»Matthias«, sage ich. »How was your flight?«

Er schaut mich an, als hätte ich Klingonisch mit ihm gesprochen und wie ich mit meinen weiteren Fragen herausfinde, kann er kein einziges Wort Englisch, Deutsch oder Schwedisch. Nein, nicht mal *Hello.*

Ich reiche ihm die Hand und stecke ihm dann die GoPro an seinen Pullover, die mir Holger als Reserve mitgegeben hat. Mit Hand und Fuß bedeute ich ihm, die Kamera nicht abzunehmen, was er schließlich versteht.

»Wie kommuniziert ihr beide?«, frage ich Margareta auf dem Weg zum Mietwagen.

Ihre Augen strahlen, als hätte dort jemand Weihnachtsbeleuchtung eingebaut. »Ich unterhalte mich mit ihm in Zeichensprache, das hat etwas ausgesprochen Animalisches.«

12

Nachdem wir irgendwann in der Nacht total übermüdet in Göteborg angekommen sind und ich Margareta und Mr. Yang in unserem Bed & Breakfast untergebracht habe, hätte ich heute gerne ausgeschlafen.

Schließlich haben Anna und ich extra freigenommen, um uns um die Hochzeit und unsere Eltern zu kümmern.

Wobei wir für die Hochzeit nichts vorbereiten können, solange wir nicht wissen, was geplant ist.

Außerdem darf ich meine Eltern vom Flughafen abholen. Wenigstens muss ich dafür nicht wieder durch halb Schweden nach Stockholm fahren, sondern nur zum Göteborger Flughafen Landvetter, der auch von Deutschland aus angeflogen wird.

Anna bleibt derweil bei ihrer Mutter und versucht, die Verwirrungen mit Mr. Yin und Mr. Yang aufzulösen, sowie zu erfahren, wie es zu der Episode mit dem Schornsteinfeger und damit zur Scheidung gekommen ist. Sie hofft, dass sie danach die Lösung in den Händen hält, um ihre Eltern wieder zusammenzubringen.

Wie angekündigt, begleitet mich Holger, natürlich mit mehreren Kameras und seinem Assistenten im Gepäck.

Wegen dem ganzen Kram musste ich schon wieder den Car-Sharing-Minivan mieten, zumal mein Vater vor Monaten angekündigt hat, jedem männlichen Hochzeitsgast ein Trikot des SV Südwest Ludwigshafen zu schenken, wofür er mindestens zwei Koffer benötigen würde.

Natürlich überprüft Holger, dass ich die GoPro noch an meinem Mantel angesteckt habe, nimmt sie ab und ersetzt sie durch ein Modell mit frischem Akku.

Die Fahrt zum Flughafen ist immerhin eine gute Gelegenheit, meinen zukünftigen Schwiegervater zu unserer Hochzeit auszufragen. »Wie macht ihr das eigentlich mit dem Hochzeitsmenü, wenn die Gäste irgendeine Unverträglichkeit haben?«, frage ich, kaum sind wir aus der Innenstadt heraus.

»Um das Essen kümmert sich meine Ex-Frau.«

»Und welche Musik wird so gespielt?«

»Darum kümmert sich auch Margareta.«

»Und was ist mit den Hochzeitsspielen?«

»Das ist Margaretas Job.«

»Und um was kümmerst du dich?«

Er lächelt mich breit an. »Das ist ein Geheimnis.«

Die restliche Fahrt erfahre ich nur, welche tollen Sachen man alles mit der GoPro aufnehmen kann, doch nichts über die Hochzeit.

Als wir schließlich in die Ankunftshalle des Flughafens laufen, schultert der Assistent seine große Videokamera, damit auch jede Gefühlsregung von mir und meinen Eltern in Großaufnahme zu sehen ist, wenn sie eintreffen.

Es ist über ein Jahr her, dass ich sie das letzte Mal gesehen habe, schließlich lebe ich jetzt in Schweden und sie in Ludwigshafen-Oggersheim, wo man offensichtlich nichts von der Existenz diverser Billigfluganbieter mitbekommen hat.

Und wenn ich geschäftlich in der alten Heimat war, hatten sie nie Zeit für mich oder ich nicht für sie.

Wahrscheinlich sind wir zusammen schuld daran, dass zwischen uns so lange Sendepause war.

Aber das kann sich jetzt ja ändern.

Endlich landet das Flugzeug aus Frankfurt. Kurz darauf trippelt meine Mutter in doppelter Rentnergeschwindigkeit aus der Zollabfertigung, was möglicherweise daran liegt, dass sie nur einen Handgepäckkoffer hinter sich herzieht.

Ich umarme sie freudig. »Wo ist denn Papa?«, frage ich. »Noch auf dem WC?«

Meine Mutter zuckt mit den Schultern. »Wahrscheinlich ist er das«, sagt sie. »Kann ich ja jetzt nicht kontrollieren, was er daheim in Ludwigshafen macht.«

13

Es dauert eine Weile, bis ich mich wieder gefangen habe, was auch daran liegt, dass die Kamera des Assistenten die ganze Zeit voll auf mich draufhält. Das ist schlimmer als bei Big Brother, denn im Gegensatz zu den Kandidaten dort habe ich mein Schamgefühl nicht an der Garderobe abgegeben. Und das, was bei einem durchschnittlichen Mitteleuropäer an Ehre übrig geblieben ist, auch nicht.

»Er ist daheim geblieben?«, frage ich noch mal und bin versucht, mich zu zwicken.

»Ich hab ihn gebeten, er solle wenigstens anstandshalber mitkommen.« Meine Mutter zuckt mit den Schultern und rückt die GoPro an ihrer Bluse zurecht, die ihr Holger zwischenzeitlich verpasst hat. »Aber er wollte dieses blöde Fußballspiel nicht verpassen.«

Ich war häufig genug selbst Überbringer schlechter Nachrichten, so dass ich versuche, meine Mutter nicht für seine Entscheidung verantwortlich zu machen und daher auch nicht mit ihr darüber diskutiere. Also nehme ich mein Handy und wähle die Nummer meiner Eltern.

Ich stelle mich ein wenig abseits, damit nicht jeder mitbekommt, worüber wir reden. Zwar zeichnet die GoPro alles auf, aber ich werde die Löschfunktion schon noch finden. Es dauert ein wenig, bis mein Vater abnimmt, dann höre ich als Erstes die Klospülung und schließlich fragt er: »Wer stört?«

Ich melde mich und nach dem kurzen Smalltalk, der sich bei uns auf je einen Satz zum Allgemeinzustand beschränkt, frage ich: »Ein Fußballspiel ist dir wichtiger als meine Hochzeit?«

Er räuspert sich. »Bei einer Hochzeit steht das Ergebnis schon fest, bei einem Fußballspiel nicht.«

»Südwest verliert doch ohnehin wieder, die sind in den letzten vier Jahren dreimal abgestiegen!«

»In solch einer Situation zeigt sich der wahre Fan.«

»Das sagst du schon seit zehn Jahren.« Ich räuspere mich. »Hat es irgendetwas gebracht?«

»Sie hätten in den zehn Jahren auch zehnmal absteigen können.«

»Tiefer als die Kreisklasse geht gar nicht.«

»Und da sind wir dank meines Einsatzes noch nicht angekommen.« Ich glaube tatsächlich, eine Spur Stolz in der Stimme meines Vaters zu erkennen.

»Jedes Jahr nach dem Saisonauftakt bist du dermaßen enttäuscht, dass du dich tagelang im WC verbarrikadierst und kein Wort mehr redest.«

»Das stimmt«, sagt er und wirkt einen kurzen Moment lang einsichtig. »Aber nur bis zum nächsten Spieltag.«

»Danach ist es dann noch schlimmer.«

»Dieses Mal wird alles anders. Wir haben auf dem Transfermarkt so richtig zugeschlagen. Da sind richtige Granaten dabei, der Hans-Peter Kaltz, das ist der Vorderpfalz-Messi.«

»Wieso? Lässt der in der Ankleidekabine seine ganzen Sachen rumliegen?«

So ist mein Vater, statt über seine Entscheidung zu diskutieren, verwickelt er mich in eine Diskussion über Fußball. Doch heute kann ich das nicht zulassen. »Du willst also wirklich die Hochzeit deines einzigen Sohnes verpassen?«, unterbreche ich seine Ausführungen über die Dribbelkünste dieses angeblichen Vorderpfalz-Superstars.

»Was meinst du, wofür die Sommerpause erfunden wurde?«, entgegnet mein Vater und antwortet auf seine Frage, bevor ich es kann. »Für Hochzeiten, Kinderkriegen und zur Saisonvorbereitung. Was also kann ich dafür, wenn ihr nicht in der Lage seid, einen Termin in der Sommerpause zu finden, sondern euch ausgerechnet den wichtigsten Tag des Jahres aussucht?«

»Am zweiten Spieltag hättest du doch auch keine Zeit«, sage ich. »Und am dritten genauso wenig, oder?«

»Das ist eben eine Serie, die ich nicht abreißen lassen darf.«

»Jede Serie endet irgendwann, spätestens mit dem Tod«, antworte ich. »Und ist es am Ende nicht egal, ob du 500 oder 501 Spiele deines Teams gesehen hast?«

»Es sind 861«, antwortet er. »Und da sind die Freundschaftsspiele gar nicht mitgerechnet.«

»Hast du denn gar kein Interesse an meiner Hochzeit?«

»Ich hatte nicht mal an meiner eigenen Hochzeit Interesse.« Er räuspert sich. »Nur an der Hochzeitsnacht danach. Das Interesse an der Feier täuschen alle anderen Männer doch nur vor oder sind froh, sich an der Hochzeitsbar kostenlos betrinken zu können. Ich bin wenigstens ehrlich zu dir. Oder möchtest du, dass unser Vater-Sohn-Verhältnis auf einer Lüge basiert?«

Ich muss diese Frage verneinen, doch gleichzeitig habe ich keine Ahnung, worauf unser Verhältnis sonst basiert. Jedenfalls seit ich mit sechzehn beschlossen habe, dass Fußball doof ist, zumindest außerhalb der Weltmeisterschaften.

»Schau mal«, sagt mein Vater schließlich. »Du kannst jedes Jahr heiraten, aber den Auftakt der Bezirksligasaison Vorderpfalz gegen den 1. FC 08 Haßloch erlebt man nur einmal im Leben.«

»Anna ist meine große Liebe«, sage ich. »Und ich heirate sie nur einmal und dann nie wieder.«

»Tja«, sagt mein Vater. »Und der SV Südwest Ludwigshafen ist eben meine große Liebe. Und wie du weißt, kann man sich die nicht aussuchen, sondern sie sucht einen. Und mich hat sie gefunden.«

Ich seufze und überlege, ob ich auflegen soll, da kommt Holger um die Ecke.

»Gib mir dein Handy«, sagt Holger. »Ich rede mal mit deinem Vater, von Mann zu Mann.«

»Ich bin auch ein Mann!«, will ich protestieren, doch weil ich mit meinem Latein am Ende bin, und auch mit meinem Pfälzisch, gebe ich ihm mein Taschentelefon.

Holger bedeutet dem Kameramann per Handzeichen, die Kamera auszuschalten und geht ein paar Schritte, so dass auch ich ihn nicht hören kann. Nach ein paar Minuten kommt er wieder und reicht mir mein Handy. »Alles klar«, sagt er. »Dein Vater kommt heute mit dem letzten Flug.«

14

Schon wieder bin ich völlig konsterniert. »Wie hast du das gemacht?«, frage ich Holger.

»Jeder hat eben so seine Methoden.«

»Mein Vater ist an Geld nicht sonderlich interessiert«, sage ich. »Genaugenommen weicht er ihm sogar aus.«

Holger lächelt triumphierend. »Ich habe ihm auch kein Geld geboten, sondern das, was er möchte.«

»Der SV Südwest Ludwigshafen wird sein Auftaktspiel der Bezirksliga-Saison kaum während unserer Hochzeitsfeier in Göteborg spielen, oder?«

Holger wiegt den Kopf hin und her. »Du liegst da nicht so verkehrt.«

Nun gab es sogar mal eine chinesische Mannschaft, die am Ligabetrieb der Regionalliga Südwest teilgenommen hat, aber selbst dieses Engagement der Chinesen wurde sicher nicht in einem fünfminütigen Telefonat arrangiert.

Und schon gar nicht von meinem Vater.

Außerdem wurde das Experiment nach nur einer Halbzeit wegen ein paar *Free Tibet Plakaten* gestoppt, weil chinesische Fußballfunktionäre so viel von Meinungsfreiheit halten wie Donald Trump vom Klimawandel.

Oder von Meinungsfreiheit, um im Bild zu bleiben.

Nun sind *Free Tibet Plakate* aus meiner Sicht grundsätzlich legitim und in Schweden sicher kein Problem, aber da Holger nicht Sepp Blatter ist und der ohnehin aus guten Gründen in Zwangsrente geschickt wurde, muss mein zukünftiger Schwiegervater eine andere Lösung gefunden haben.

Ich schaue wieder auf meine GoPro und dann fällt es mir ein. »Du lässt das Spiel aufzeichnen?«, frage ich.

»Besser noch«, antwortet er. »Ich habe in letzter Zeit viel in Videoanalysen investiert, weil da mehr bezahlt wird als im Sicherheitsbereich. Ich stehe kurz vor der Marktreife mit einem System, das sich auch kleinere Vereine leisten können.« Er lächelt mich an. »Neben den Kameras, die das ganze Feld erfassen, trägt jeder Spieler eine knopfgroße Kamera, die seinen Bewegungsablauf aufzeichnet. Ich habe ohnehin noch nach einem Testspiel gesucht, also machen wir das in der Bezirksliga Vorderpfalz.«

»Woher willst du wissen, dass der Verein zustimmt?«

»Das lass mal meine Sorge sein«, antwortet Holger. »Ich schicke noch heute ein Team nach …« Er schaut mich fragend an. »Wo wohnt dein Vater noch mal?«

»Ludwigshafen«, antworte ich. »Und mein Vater verzichtet einfach so auf das Spiel?«

»Erstens tut er etwas Gutes für seinen Verein, denn das bringt eine Menge Aufmerksamkeit und Analysemöglichkeiten besser als in der Bundesliga. Zweitens kann er sich das Spiel live auf allen Kameras anschauen, er wird nicht eine Sekunde verpassen, selbst wenn er sich in der Pause ein Bier holen geht und es mal wieder länger dauert.« Holger streicht sich durch sein graues Haar. »Weil ich das Testequipment dauerhaft dem Verein überlassen werde, kann er sich auch in Zukunft jedes Spiel als Aufzeichnung anschauen.« Holger grinst. »Das hat ihn schließlich überzeugt, dann kann er nämlich hinterher direkt mit dem Trainer die Schwachstellen der Mannschaft analysieren. Und er meint, da gäbe es einige.«

»Danke. Das ist echt super.« Ich strahle meine Mutter an. »Freust du dich auch, dass Vater kommt?«

Sie nickt, aber ihr Gesichtsausdruck sagt eher das Gegenteil.

»Was ist?«, frage ich.

»Das heißt, in Zukunft sitzt dein Vater nur noch vor dem Fernseher.«

»Wäre das ein Unterschied zu heute?«, frage ich.

Meine Mutter schüttelt den Kopf. »Trotzdem, ich hoffe, der ganze Aufwand lohnt sich.«

»Ja klar, es ist eine Win-Win-Situation. Holger bekommt sein Testspiel und Papa das Spiel sowie die Hochzeit ...«

»Ach, Matthias«, seufzt meine Mutter und wirft mir diesen Ich-hab's-ja-schon-immer-gesagt-Blick zu, den sich wahrscheinlich schon Eva hat patentieren lassen, nachdem Kain Abel erschlagen hat.

»Was ist?«, frage ich.

»Du hast mir doch vor ein paar Tagen ein Foto von Anna geschickt, oder?«

»Ich dachte, ihr freut euch darüber.«

Meine Mutter nickt wieder sehr verhalten und seufzt noch dazu. »Ach, Matthias«, sagt sie erneut.

»Wir wissen doch beide, dass eine so hübsche Frau wie Anna dich niemals heiraten wird.«

»Sie liebt mich!« Ich stemme meine Arme in die Hüfte.

»Und was kannst du ihr bieten?«

»Na ... äh ... also«, stammle ich. »Ich liebe sie auch.«

»Selbst wenn ihr euch beide lieben solltet, in den Tagen vor der Hochzeit stellen Frauen alles noch mal in Frage«, sagt sie. »Sei also auf das Schlimmste gefasst.«

15

Ich weiß natürlich, dass man für die eigenen Eltern immer der kleine fünfjährige Junge bleibt, der nichts auf die Reihe bekommt, aber das Misstrauen meiner Mutter erschüttert mich trotzdem.

Daher schweigen wir auf der Heimfahrt auch, nur gestört von Holgers Ausführungen über die Vorteile der letzten GoPro-Generation.

Als Erstes setze ich Holger und seinen Assistenten im Hotel ab. Weil ich überzeugt bin, dass meine Mutter ihre Meinung ändert, sobald sie ein paar Worte mit Anna gewechselt hat, fahre ich sie nicht in ihr Hotel, sondern zu unserer Wohnung. Dann kann sie auch noch gleich Annas Mutter kennenlernen.

Als wir daheim vor der Wohnungstür stehen, blickt mich meine Mutter ernst an. »Ich möchte nur, dass du eines weißt«, sagt sie. »Du bleibst auch mein«, sie seufzt, »na ja Sohn, wenn du mir jetzt eine Schaufensterpuppe als deine Freundin vorstellst.«

»Mama! Das ist total absurd!«

»Das hast du schon mal gemacht.«

»Da war ich vier Jahre alt!« Bevor sie antworten kann, öffne ich die Tür und führe sie direkt zu Anna.

»Das ist Anna, meine Verlobte«, sage ich, Stolz liegt in meiner Stimme.

Anna wirkt ein wenig gestresst, doch ich kann sie jetzt schlecht fragen, weshalb. Trotzdem umarmt sie meine Mutter so herzlich, dass diese gar nicht anders kann, als das zu erwidern. »Und ich bin die Karina … Karina Käfer«, sagt meine Mutter schließlich.

»Schön, dich kennenzulernen, Karina«, sagt Anna. »Wo ist denn dein Mann?«

»Der kommt heute Abend«, antwortet meine Mutter. »Wahrscheinlich.«

Anna blickt mich fragend an und ich bedeute ihr, dass alles in Ordnung ist. Sie lächelte wieder Karina an. »Hattest du einen guten Flug?«

Meine Mutter schüttelt den Kopf. »Mit einer Pilotin wäre er sicher besser gewesen.« Sie deutet auf ihre Armbanduhr. »Was machst du eigentlich um diese Zeit zu Hause, hast du keinen Job?«

»Ich bin Lehrerin und momentan sind Ferien, also haben wir Zeit, unsere Hochzeit vorzubereiten.«

Karina mustert sie einen kurzen Moment, blickt mich an und dann wieder Anna. »Was zahlt er dir dafür, dass du seine Verlobte spielst?«

Anna schaut sie irritiert an. »Nichts natürlich.«

»Das habe ich mir fast gedacht«, sagt meine Mutter. »Mit Geld konnte Matthias noch nie umgehen.«

»Ich stehe übrigens neben dir«, sage ich. »Und wir lieben uns. Und mit Geld kann ich sehr wohl umgehen! Jedenfalls ein bisschen.«

»Hast du deswegen als Teenager dein ganzes Taschengeld für Streichhölzer ausgegeben?«, fragt meine Mutter. »Du rauchst ja nicht mal!«

»Ich wollte damit spekulieren.«

»Mit Streichhölzern?« Sie wendet sich Anna zu. »Siehst du jetzt, was ich meine?«

Ich seufze. »Erstens ist es besser, mit Streichhölzern zu spekulieren als mit Rohstoffen oder Lebensmitteln wie Investmentbanken, und zweitens wollte ich Anna daraus einen Adventskalender bauen. Hat sich leider in Rauch aufgelöst.«

Jetzt seufzt auch meine Mutter. »Um eine Ausrede warst du noch nie verlegen. Das hast du von deinem Vater. Aber was will man von einem Mann auch erwarten?«

Bevor ich etwas antworten kann, kommt mir Anna zuvor. »Ich habe *Kanelbullar* besorgt, also Zimtschnecken.« Sie deutet auf unseren zum Kaffee gedeckten Esstisch. »Das sind die leckersten Kanelbullar in ganz Schweden. Sollen wir die mal essen?«

Meine Mutter schüttelt den Kopf. »Du musst dich dringend von deiner Rolle als Hausfrau lösen.«

»Normalerweise besorge ich die Zimtschnecken«, protestiere ich und beiße in eine. »Aber die leckeren gibt es nun mal nicht am Flughafen.«

»Schon wieder eine Ausrede«, seufzt meine Mutter und wendet sich Anna zu. »Jetzt mal so von Frau zu Frau. Findest du aus feministischer Sicht nicht auch, dass eine Hochzeit deine Möglichkeiten unnötig begrenzt?«

»Nein«, erwidert Anna wie aus der Pistole geschossen. »In einer guten Ehe gibt eins und eins nicht zwei, sondern drei.«

Ich finde diese Entgegnung schön und mir wird ganz warm ums Herz, doch meine Mutter rollt mit den

Augen. »Du bist hoffentlich keine Mathelehrerin, o-
der?«

Anna schüttelt den Kopf, sie lächelt zwar immer
noch, aber ich sehe an dem Flackern in ihren Augen,
dass sie sich über meine Mutter ärgert. »Ich unterrich-
te Deutsch und Geschichte.«

»Tja, dann fahre ich mal ins Hotel«, sagt meine Mutter und wendet sich wieder mir zu. »Wenn du jemanden zum Ausheulen brauchst, weißt du ja, wo du mich
findest.«

Im Sohn will die Mutter Mann werden.
Christian Morgenstern, deutscher Schriftsteller

16

Nachdem meine Mutter uns einfach stehen gelassen hat, nehme ich Anna in den Arm. »Sorry, meine Mutter ist sonst nicht so, ich glaube, sie kann einfach nicht damit umgehen, dass ich nicht mehr ihr kleiner Junge bin, der alles widerspruchslos hinnimmt.«

»Sie hatte über zwanzig Jahre Zeit, sich daran zu gewöhnen, oder?« Anna schüttelt den Kopf. »Ich glaube, es ist etwas ganz anderes. Sie mag mich nicht.«

»Dich mag jeder«, widerspreche ich. »Sogar ein Egoist wie Viggo.«

»Unter Frauen ist das etwas anderes. Ich glaube, deine Mutter ist *spydig*.«

Ich zucke fragend mit den Schultern. »So gut ist mein Schwedisch nicht.«

»Das heißt im Deutschen stutenbissig.«

»Meine Mutter hat eher etwas gegen Männer als gegen Frauen. Ich glaube, sie ist unzufrieden, weil sie so wenig aus ihrem Leben gemacht hat.« Ich reibe mir die Stirn. »Als ich klein war, musste sie Hausfrau sein, obwohl sie viel cleverer ist als mein Vater. Und dann, als ich aus dem Haus war, wollte sie auf dem Arbeitsmarkt niemand mehr. Dabei hätte sie gerne Karriere gemacht.« Ich seufze. »Außerdem hatte sie nie eine Tochter, obwohl sie sich das so gewünscht hat. Und das will sie jetzt an dir kompensieren, weil du ihre Schwiegertochter bist.«

»Ich bin aber kein Kompensationsobjekt!« Anna blickt mich verärgert an. »Und überhaupt, warum hält sie so wenig von dir? Du bist ihr einziger Sohn!«

»Genau das ist das Problem. Wenn ich etwas gut gemacht habe, war das ihr weiblicher Einfluss, habe ich etwas schlecht gemacht, mein männlicher.« Ich zucke mit den Schultern. »Wobei ich es noch gut hatte, eine Tochter wäre wahrscheinlich an ihren hohen Erwartungen gescheitert.«

Anna schluckt. »Tja, und ich bin jetzt ihre Tochter, ihre Schwiegertochter.«

Ich schlucke auch. »Ich schlage vor, wir machen einfach, was wir mit fünfzehn beide auch gemacht haben.«

»Was denn?«

»Wir ignorieren unsere Eltern so gut es geht und machen unser eigenes Ding.«

Anna lächelt. »Du hast vielleicht immer eine Ausrede, aber auch immer eine Idee. Nicht immer die beste, aber in dem Fall klingt das nach einem guten Plan.«

Wir umarmen uns und in dem Moment fällt mir auf, dass ich an meinem Mantel immer noch diese blöde GoPro trage. Ich drücke alle Knöpfe, die an dem Ding zugänglich sind, aber sie scheint gesperrt zu sein, sodass ich sie nicht mal ausschalten kann.

Wenn ich den Mantel an die Garderobe hänge, nimmt das Ding weiter auf.

Also gehe ich zum Kleiderschrank, um den Mantel hineinzuhängen.

Als Anna das sieht, stellt sie sich hastig davor. »Den Schrank machst du besser nicht auf.«

»Warum das denn?«

»Da ist Mr. Yin drin.«

17

Ich will zum Schlafzimmer gehen, denn dort befindet sich ein weiterer Schrank.

»Den besser auch nicht öffnen«, sagt Anna.

»Mr. Yang?«

Anna nickt. »Es war das reinste Versteckspiel, bis ich beschlossen habe, keinem mehr Bescheid zu geben, dass die Luft rein ist. Sonst wäre hier nie Ruhe einkehrt.«

»Und deine Mutter?«

»Die ist eingeschlafen.«

Anna fährt sich mit der flachen Hand über die Stirn. »Das war ganz schön stressig.« Sie atmet tief aus. »Und das war bevor deine Mutter kam.«

»Das kann niemals gutgehen mit dem Versteckspiel.« Ich deute auf die zwei Schränke. »Margareta muss es den beiden sagen.«

»Das habe ich ihr auch schon versucht beizubringen«, sagt Anna. »Aber sie meint, gerade der Reiz des Verbotenen mache in dem Fall die Spannung aus.« Anna seufzt. »Außerdem solle ich froh sein, dass sie dem Schornsteinfeger kurz vor der Hochzeit den Laufpass gegeben hat. Sonst wäre alles noch komplizierter.«

»Und was machen wir jetzt? Die beiden können doch kaum für immer in den Schränken bleiben.«

»Ich fände das nicht die schlechteste Lösung.« Anna grinst. »Also nur bis zur Hochzeit natürlich.«

»Wie hast du sie überhaupt dazu gebracht, in den Schrank zu steigen?«

»Ich habe einfach behauptet, das sei eine schwedische Tradition, bevor man in einem fremden Bett mit einer Frau ...«

»Wie hast du das Mr. Yang denn klarmachen können?«, frage ich. »Der kann doch kein Wort Englisch.«

»Aber er kann Nudelholz.« Anna grinst.

»Hast du ihm etwa eins übergebraten?«

»Es hat gereicht, dass ich ihm damit gedroht habe. Ich könnte schwören, dass er das schon kannte. Er hat sofort getan, was ich wollte.« Anna lächelt. »Vielleicht ist er verheiratet und kennt das von seiner Frau.«

Ich grinse, doch dann stoppe ich mittendrin. »Willst du mir damit sagen, dass mich das auch erwartet, wenn wir erst mal verheiratet sind?«

Anna lächelt mich verschmitzt an. »Wenn du fremdgehst, würde ich sicher nicht zum Nudelholz greifen, das wäre viel zu harmlos.« Sie schaut mir direkt in die Augen. »Ich halte mich da eher an *Die Ärzte*.«

Ich weiß auch, ohne dass sie es ausspricht, welchen Song sie meint. »Ich habe meinen Junggesellenabschied überstanden«, sage ich. »Also bin ich unverführbar.«

»Da wäre ich mir nicht so sicher«, sagt Anna. »Jeder Mann hat seine Schwachstellen.«

»Wer hat noch mal zwei Liebhaber gleichzeitig eingeladen?«, frage ich. »Ein Mann oder deine Mutter?«

Anna blickt mich gereizt an. »Ich dachte, wir wollten die Eskapaden unserer Eltern ignorieren?«

Bei dem Thema scheint Anna dünnhäutig zu sein und wenn ich tief in mich hineinschaue, muss ich zugeben, dass ich es auch bin. »Okay«, sage ich schließlich. »Hoffen wir, unsere Eltern lassen das auch zu.«

Doch so richtig glauben mag ich daran nicht.

Ich komme allerdings gar nicht dazu, mir darüber Gedanken zu machen, denn im nächsten Moment hören wir es aus dem Flur so laut rumpeln, als wäre der Kleiderschrank umgefallen.

18

Wir stürmen in den Flur und ich kann mich zu meinem akkuraten Gehör beglückwünschen. Andererseits hätte ich gerne ein weniger gutes, würde dafür der Kleiderschrank nicht auf dem Boden liegen.

Aus dem Schrank hört man Gestöhne, was immerhin bedeutet, dass Mr. Yin noch lebt.

»War das jetzt der aus Japan oder aus China?«, frage ich Anna.

»Das war der Dünne«, sagt sie. »Der Dicke ist im Schlafzimmerschrank.«

»Also Japan«, sage ich. »Der kann immerhin einen Satz in unserer Sprache.«

Kaum habe ich das gesagt, springt die Schranktür auf. Mr. Yin richtet sich auf und lächelt uns an, als sei nichts geschehen. »Ich freue mich, zu sein in schönes Land hier«, sagt er schließlich.

Ich muss vor Erleichterung lachen und helfe Mr. Yin aus dem Schrank. »Ich bringe Sie ins Hotel«, sage ich und deute zur Tür.

Er schüttelt den Kopf, holt ein Wörterbuch heraus, blättert ewig darin herum und macht sich Notizen. »Erst ich mache Geschlechtsverkehr, wofür ich gewartet in Schrank«, sagt er schließlich.

»Hast du ihm das mit dem Wörterbuch beigebracht?«, frage ich Anna.

Doch bevor sie antworten kann, fällt der Schlafzimmerschrank um.

Ich schnappe mir das Wörterbuch von Mr. Yin und deute auf die Worte. »Schnell. Chinesisch. Invasion.«

Ich will Mr. Yin packen und aus der Wohnung bringen, doch er greift sich wieder das Wörterbuch, blättert darin herum und antwortet schließlich. »Ich mag chinesische Kopulation.«

Ich übersetze den *Ärzte*-Song ins Japanische und dann endlich versteht Mr. Yin und verlässt mit mir die Wohnung.

Von unterwegs frage ich Anna per SMS, ob sie mit Mr. Yang allein klarkommt und in welchem Hotel sie Mr. Yin einquartiert hat.

Kurz darauf klingelt mein Telefon. Es ist Anna. »Mr. Yang hat das Zimmer abgesperrt«, sagt sie. »Die Geräusche hinter der Tür deuten jedoch darauf hin, dass er den Sturz ohne bleibende Schäden überstanden hat.«

Ich lausche in das Telefon. »Aber ich hör im Hintergrund doch einen Mann stöhnen?«, sage ich.

»Eben«, antwortet sie.

Ich seufze. »Deine Mutter meint das ernst, oder?«

»Vielleicht quartieren wir besser meinen Vater hier bei uns ein«, sagt Anna. »Dann kann sie ihr Versteckspiel selbst organisieren.«

»Dann hast du aber gar keine Kontrolle mehr über sie«, sage ich.

Anna stöhnt auf. »Du hast recht. Ich gehe mal Einkaufen, das ist ja hier nicht zum Aushalten.«

»Was besorgst du denn?«

»Ohropax.«

Ich lasse mir noch erklären, in welchem Hotel Mr. Yin wohnt und fahre ihn mit der Straßenbahn dorthin.

Unterwegs installiere ich noch eine Deutsch-Japanische Übersetzungs-App auf meinem Smartphone und erkläre Mr. Yin, dass er keinesfalls unaufgefordert zu Annas Mutter gehen soll, nur dann, wenn sie ihn darum bittet.

Er lädt sich die Übersetzungs-App ebenso herunter und antwortet, dass er Pekingente am liebsten mit ganz frischen Lauchzwiebeln mag.

Ich lösche das Übersetzungsprogramm wieder und erkläre ihm per Zeichensprache, was ich ihm zuvor auf Japanisch gesagt hatte.

Er nickt und ich atme erleichtert auf.

Dann deutet er auf seine App und sie sagt: »Als Nachtisch hätte ich gerne eine Miso-Suppe.«

19

Irgendwie gelingt es mir, Mr. Yin in sein Hotelzimmer zu bringen und mit ein paar *Kanelbullar* ruhigzustellen, dann fahre ich wieder zum Flughafen Göteborg und warte auf meinen Vater.

Anna hat derweil ihre Eltern und meine Mutter in ein traditionelles Restaurant eingeladen, damit sie sich besser kennenlernen.

Mein Vater und ich sollen dazustoßen, sobald er gelandet ist und ich ihn überredet habe, sein Fußballtrikot abzulegen, das er unweigerlich tragen wird.

Ich habe dafür einen Plan B und einen Plan C entwickelt. Für Plan B habe ich ihm bei jenem schwedischen Herrenausstatter, der auch jede deutsche Fußgängerzone bevölkert, einen Anzug und zwei weiße Hemden besorgt, damit mein Vater keine Ausrede hat.

Wahrscheinlich benötigt er die Kleider ohnehin für die Hochzeit.

Das Flugzeug landet pünktlich und mein Vater kommt tatsächlich kurz darauf aus der Gepäckausgabe gelaufen. Natürlich in einem Fußballtrikot.

Wenigstens hat er darauf verzichtet, auch Fußballhosen und Stulpen anzuziehen, was bei einem Mann

Mitte sechzig mehr als nur lächerlich aussehen würde. Aber es ist auch so schlimm genug.

Ich umarme ihn trotzdem zur Begrüßung. Schließlich kann man sich seine Eltern nicht aussuchen. »Ich wusste gar nicht, dass Schweden auf der Südhalbkugel liegt«, sagt mein Vater. »Weil offensichtlich ist ja hier Winter, wenn bei uns Sommer ist.«

»Ich sag das auch immer zu Anna.« Ich deute auf meine Uhr. »Anna hat uns mit ihren Eltern zum Essen eingeladen. Ich bringe dich kurz ins Hotel, dann kannst du dich umziehen und wir fahren da hin. Gut?«

»Umziehen?«, fragt er.

Ich deute auf das Fußballtrikot. »Dir war doch ohnehin zu kalt.«

Er streicht mit beiden Händen über den Trikotbauch. »Das würde ich auch bei minus zwanzig Grad tragen.«

»Du kannst bei dem Essen nicht im Fußballtrikot auflaufen.«

»Das ist meine Respektbezeugung für Annas Eltern. Es ist das SV-Südwest-Ludwigshafen-Auswärtstrikot der Saison 15/16, ein Jahr, in dem sie ausnahmsweise mal nicht abgestiegen sind.«

»Toll«, sage ich. »Das war unbestreitbar einer der größten Erfolge des Vereins.« Da ich solche Diskussionen mit meinem Vater zur Genüge kenne, weiß ich, es ist Zeit für Plan B. Ich deute auf meine Einkaufstasche. »Dein Trikot schonst du also besser und ziehst eines der Hemden an, die ich dir besorgt habe.«

»Das Trikot zeigt Respekt, ein weißes Hemd tut das nicht.«

»Wir sind hier nicht im Südwest-Stadion«, sage ich. »Also zeigt das Trikot nur, dass du ein fanatischer Fußballfan bist.«

»Und was ist daran schlimm? So bin ich nun mal!«

»Früher als ich noch klein war, da war es euch wichtig, dass ich euch nicht blamiere.« Ich blicke ihn scharf an. »Heute hingegen ist mir wichtig, dass ihr mich nicht blamiert.«

»Es geht also um Blamage«, sagt mein Vater. »Nur mal so zur Erinnerung, du hast mich als Vater unsagbar häufig blamiert. Ich sag nur 13. September 1990. Du hast ein Eigentor geschossen, ausgerechnet gegen den ASV Maxdorf!«

»Das kann doch mal passieren.«

»Und wenn ich an den 22. April 1988 denke, werde ich immer noch vor Scham rot.« Er schüttelt enttäuscht den Kopf. »Du hast über den Ball getreten!«

»Ich war halt im Fußball nur Mittelmaß.«

»Du warst in deinem ganzen Leben nur Mittelmaß.«

»Ich heirate bald eine wunderbare Frau, ich habe es geschafft, aus Ludwigshafen rauszukommen, ich bin Werbechef einer expandierenden Firma ...« Ich merke am abweisenden Gesichtsausdruck meines Vaters, dass er überhaupt nicht beeindruckt ist. Also ist Zeit für Plan C. »Und ich besitze das Panini-Album der WM 1990 mit allen Stickern.«

»Nein!«, sagt mein Vater.

»Doch«, antworte ich.

»Oooh«, sagt er. »Wusste ich es doch, dass du es einmal zu etwas bringst.«

»Ich schenke dir das Heft«, sage ich. »Wenn du bei dem Essen jetzt, beim Standesamt und bei der Feier

Anzug und Hemd anziehst.« Ich deute auf die Einkaufstüte.

Mein Vater beißt sich auf die Lippe. »Kann ich das Heft mal sehen?«

»Habe ich natürlich nicht mit an den Flughafen genommen«, sage ich. »Ist ja viel zu wertvoll.«

Er nickt verständnisvoll.

Ich fahre meinen Vater ins Hotel und nachdem er sich dort umgezogen hat, sieht er in dem neuen Anzug zu meinem Erstaunen wirklich aus wie ein Mensch und nicht wie ein Fußballfan.

Wir kommen zum Restaurant. Holger, Annas Vater, steht davor, wirkt irgendwie nervös, raucht eine Zigarette und brummelt etwas von dicker Luft. Ich stelle ihm meinen Vater vor und weil Holger sofort verkündet, dass der SV Südwest ein ganz toller Verein sei, denn er habe der Videoanalyse inzwischen zugestimmt, verstehen die beiden sich auf Anhieb prächtig.

Na, das läuft ja super, denke ich und das ausnahmsweise mal nicht ironisch. Die beiden wollen draußen noch weiter fachsimpeln, also gehe ich in das Restaurant und obwohl ich nicht weiß, welchen Tisch Anna reserviert hat, entdecke ich die Familie sofort.

Genaugenommen entdecke ich meine Mutter, die vor der Damentoilette steht und laut schreiend an einem der Energiesteine von Margareta reißt, obwohl dieser sich noch an einer Kette um deren Hals befindet.

Solltest du einmal heiraten,
so nimm den Verleger,
nicht den Dichter.
***August Strindberg, schwedischer Schriftsteller,
zu seiner Tochter***

20

Ich stürze nach vorn zu den beiden Frauen. »Was ist denn passiert?«, frage ich.

Meine Mutter deutet mit dem ausgestreckten Zeigefinger auf Annas Mutter, obwohl sie mir immer beigebracht hat, dass man nicht mit dem nackten Finger auf angezogene Leute zeigt. »Sie hat behauptet, ich hätte keine weibliche Intuition.«

»Das habe ich nur gesagt, weil sie mein Sternzeichen beleidigt hat«, entgegnet Margareta. »Und meinen Aszendenten!«

»Das war bestimmt ein Missverständnis«, sage ich und versuche, die beiden zu trennen. Doch sie hängen aneinander wie zwei Kletten.

»Missverständnis?«, ruft meine Mutter. »Dieser Horoskopblödsinn ist einer der Gründe, warum Frauen sich so leicht unterdrücken lassen.«

»Da, sie hat es schon wieder getan!«, ruft Margareta. »Sie unterdrückt ihre Weiblichkeit.«

»Ich unterdrücke die Dummheit!« Meine Mutter zieht erneut an dem Energiestein von Margareta, während diese an den Haaren meiner Mutter zerrt.

Ich schaue mich um, doch ich kann Anna nirgends entdecken, auch nicht an einem der Tische. Sind alle geflüchtet und lassen die beiden allein streiten?

Bei ihrem Vater kann ich mir das vorstellen, doch sicher nicht bei Anna.

Nur weil wir hier vor den Damentoiletten stehen, ist noch kein Ober eingeschritten, doch lange kann das nicht mehr dauern.

»Time-out!«, rufe ich und stelle mich zwischen meine Mutter und Margareta wie ein Schiedsrichter.

Die beiden reagieren nicht mal.

Bei sportbegeisterten Männern wäre das möglicherweise anders gewesen.

»Im Fernsehen wird der Bachelor übertragen!«, rufe ich, doch wieder schaut keine der beiden auch nur zu mir.

Wieder ein Klischee, das nicht stimmt, denke ich und starte den nächsten Versuch. »Da vorn ist George Clooney!«

Jetzt schaut wenigstens Margareta kurz auf. »Du hättest keinen Hamster mitbringen sollen«, sagt sie und zieht dann wieder an den Haaren meiner Mutter.

Ich wage einen letzten Versuch. »Da vorn gibt es Gucci-Handtaschen im Sonderangebot!«, rufe ich, doch das befeuert das Zerren der beiden aneinander nur noch weiter.

»Was ist denn hier los?«, ruft es plötzlich hinter mir. Ich drehe mich um, Anna kommt in das Restaurant gelaufen.

»Sie hat mein Sternzeichen beleidigt«, ruft Margareta und zählt natürlich auch noch mal ihren Aszendenten auf, während meiner Mutter sich erneut darüber beschwert, Margareta habe ihr die weibliche Intuition abgesprochen.

»Ihr habt euch eben doch noch so toll über die anstehende Hochzeit unterhalten«, sagt Anna, doch die beiden Frauen zerren immer noch aneinander herum und ignorieren Anna genauso, wie sie es bei mir getan haben.

Im nächsten Moment reißt Margaretas Halskette, der Energiestein fällt auf den Boden und zerbricht in tausend Stücke. Doch sie wird dadurch nicht etwa energielos, sondern stürmt wie ein Tiger mit ausgefahrenen Krallen auf meine Mutter zu.

Im Hintergrund sehe ich, wie ein Ober auf uns zukommt. Ich will mich gerade wieder zwischen die beiden Streithennen zwängen, da stellt sich Anna neben sie und ruft: »Ich bin schwanger!«

Der beste Zeitpunkt, einen Baum zu pflanzen,
ist vor zwanzig Jahren.
Der zweitbeste Zeitpunkt ist heute.
Chinesisches Sprichwort

21

»Was?«, rufen Annas Mutter und meine Mutter im Chor.

Und ich auch.

»Ich dachte, ihr hört nie auf«, sagt Anna.

»Was hast du eben gesagt?«, fragt Margareta.

»Was meint ihr, warum ich euch alle eingeladen habe? Mit Ausnahme von Mr. Yang, den ich eben ins Hotel gebracht habe?«, fragt Anna. »Und dann habt ihr nichts Besseres zu tun, als euch zu streiten wie verzogene Gören!«

»Aber das ist doch toll!«, sagt Margareta.

»Weißt du schon, ob es ein Mädchen wird oder ein … äh … Dings?«, fragt meine Mutter.

Anna beißt sich auf die Lippe und in all den Jahren habe ich gelernt, dass dies nie ein gutes Zeichen ist.

Ich nehme sie in den Arm.

»Können wir uns jetzt alle an den Tisch setzen?« Anna schaut mich an. »Kannst du unsere Väter reinholen?«

Vor dem Restaurant bin ich gezwungen, eine lebhafte Diskussion um die Sinnhaftigkeit der falschen Neun in Zeiten von Ballbesitzfußball und Gegenpressing zu unterbrechen.

Genaugenommen diskutieren die beiden Fußballfanatiker einfach weiter, kommen aber immerhin mit an den Tisch.

Wenigstens schafft es mein Vater, meine zukünftige Schwiegermutter sowie Anna zu begrüßen, vergisst jedoch meine Mutter, die ihn schließlich auch das letzte Mal in Ludwigshafen gesehen hat.

»Anna hat eine Ankündigung zu machen«, sagt Margareta und spricht es gleich selbst aus. »Sie ist schwanger!«

»Toll«, sagt Holger, während mein Vater sagt: »Also ich finde ohne richtigen Mittelstürmer ist das nicht mehr mein Fußball.«

Erst nachdem Holger aufgestanden ist und kurz gratuliert hat, macht das auch mein Vater, wirkt dabei jedoch so abwesend wie Holland bei der letzten Fußball-WM.

Dann diskutieren die beiden Väter ansatzlos weiter über Fußball, was immerhin ein Grund für die beiden Mütter ist, sich miteinander zu solidarisieren und über die mangelnde Empathie und das nicht vorhandene Romantikgen bei Männern zu diskutieren.

Ich stupse Anna kurz an. »Können wir mal kurz fünf Minuten unter uns reden?«

Sie nickt und wir gehen vor das Restaurant.

»Das ist doch toll!«, sage ich und umarme sie.

Anna wirkt jedoch auch irgendwie abwesend. Irgendetwas stimmt da nicht, aber da ich ein Mann bin, habe ich natürlich keine Ahnung, was da nicht stimmt.

»Du bist wirklich schwanger?«, frage ich.

Sie schüttelt ganz leicht mit dem Kopf und ihre Augen sagen nein.

So viel verstehe ich dann doch. »Du hast deine Mutter angelogen?«, frage ich.

»Was hätte ich tun sollen?« Sie sieht mich aus verzweifelten Augen an. »Sonst hätten die beiden nie aufgehört zu streiten.« Anna streicht mir über die Schulter. »Sorry. Ich habe dich ganz schön geschockt, oder?«

Ich gebe ihr einen Kuss. »Geschockt nicht, eher überrascht.«

»Ich war so überrumpelt, ich wusste mir nicht anders zu helfen. Kaum bin ich fünf Minuten weg, liegen die beiden sich schon in den Haaren.«

»Wo warst du denn?«, frage ich.

»Mr. Yang kam plötzlich vorbei, er dachte, er wäre auch eingeladen. Also musste ich ihn zurück ins Hotel bringen.«

»Und jetzt bleibt er erst mal dort?«

»Ich hoffe es.« Anna zuckt mit den Schultern.

»Wenigstens verstehen sich unsere Väter.« Ich nicke Anna aufmunternd zu.

»Aber nur solange, bis dein Vater mitbekommt, dass mein Vater die deutsche Nationalmannschaft hasst.« Anna rollt mit den Augen. »Er wäre selbst für Nordkorea, wenn die gegen euch spielen würden.«

»Jeder, der nicht in Deutschland geboren ist, wäre für Nordkorea«, sage ich. »Wenn man sich unseren Fußball in den Achtzigern anschaut, dann aus gutem Grund.«

»Das sieht dein Vater auch so?«, fragt Anna.

Ich schüttle den Kopf und muss unweigerlich seufzen.

»Ist dein Vater wirklich so fanatisch? Ich dachte, er
trägt immer Fußballtrikots?«

»Ich habe ihm etwas versprochen, damit er sich um-
zieht.«

»Was denn?«

Ich reibe mir die Stirn. »Ein Panini-Album der WM
1990. Vollständig.«

»Ich denke, du findest Fußball doof?« Anna mustert
mich. »Ich hätte nie gedacht, dass du sowas mal ge-
sammelt hast.«

»Habe ich auch nicht«, seufze ich.

»Du hast ihm etwas versprochen, dass du gar nicht
besitzt?«

Ich zucke mit den Schultern. »Hättest du gewollt,
dass er mit einem Fußballtrikot zu unserer Trauung
kommt?«

»Du hast deinen Vater angelogen?« Anna schüttelt
gespielt theatralisch den Kopf.

»Dann steht es wohl 1:1.« Ich versuche ein Lächeln,
das mir nicht mal halbwegs gelingt. »Aber erstens
habe ich nur ein Panini-Heft erfunden und zweitens
behandelt er mich immer noch, als wäre ich sechs
Jahre alt.« Ich seufze. »Also kann ich mich auch so
verhalten.«

»Deinem Vater scheint ein Panini-Heft aber wichtiger zu sein als ein Enkelkind«, sagt Anna.

»Deswegen habe ich ihm das ja auch angeboten«,
antworte ich und muss unweigerlich schon wieder
seufzen.

»Ich hoffe, das geht alles gut aus.«

»Klar geht es das«, sage ich. »Ich ersteigere das Ding
einfach bei eBay. »Was kann das schon kosten?«

Jeder junge Mensch macht früher oder später die verblüffende Entdeckung, dass auch Eltern gelegentlich recht haben können.
André Malraux, französischer Schriftsteller und Politiker

22

»Sollen wir zurück zu unseren Eltern?«, fragt Anna.

»Gleich«, antworte ich. »Lass uns mal schauen, wo wir mit allem stehen.« Ich streiche mir durch die Haare. »Also, fassen wir mal zusammen. Deine Mutter, die zwei Liebhaber hat, die beide nichts voneinander wissen dürfen, wollen wir mit deinem Vater verkuppeln, obwohl sie momentan an ihm desinteressiert ist. Der hingegen ist ein Deutschlandhasser, jedenfalls was Fußball angeht und meiner darin ein Fanatiker. Außerdem wird unsere gesamte Hochzeit wie bei Big Brother aufgezeichnet.« Ich seufze. »Zusätzlich sind unsere Mütter total unterschiedlich und hassen sich schon von der ersten Minute an. Zudem glauben alle, du wärst schwanger und ich muss schnellstmöglich ein Panini-Album der WM 1990 besorgen.« Ich nicke Anna aufmunternd zu. »Läuft doch super, oder?«

»Du hast vergessen zu erwähnen, dass mir noch eine Trauzeugin fehlt«, antwortet Anna.

»Stimmt«, seufze ich. »Denn die großartige Isabella della Stella hat kurzfristig abgesagt, wahrscheinlich weil sie befürchtet, dass Viggo es sich anders überlegt, wenn er dich im Hochzeitskleid sieht.«

»Sie hat wegen eines Britney-Spears-Konzerts abgesagt«, widerspricht Anna.

»Dessen Tickets sie gekauft hat, damit Viggo dich nicht auf unserer Hochzeit ...«

»Ich hab's verstanden«, sagt Anna. »Mach dich nur darüber lustig. Aber in Schweden ist es Gesetz, dass zur Hochzeit zwei Trauzeugen anwesend sind.«

»Was willst du mir damit sagen?« Ich schlucke. »Du hast doch sicher schon eine deiner Freundinnen gefragt, oder?«

Anna schüttelt den Kopf. »In Schweden ist das nicht so einfach. Wenn ich jetzt jemanden frage, weiß diejenige, dass sie nicht die erste Wahl war.« Sie seufzt. »Und ich müsste ihr zumuten, dafür den Kopf hinzuhalten, was jemand anders geplant hat.« Sie beißt sich auf die Lippe. »Jetzt ist es ohnehin zu spät.«

»Was soll das heißen? Wir wollen doch am Samstag heiraten, oder nicht?«

Anna nickt.

»Es sind nur noch drei Tage bis zur Hochzeit!« Ich kann die Panik in meiner Stimme nicht mehr verbergen. Hatte meine Mutter doch recht und Anna überlegt sich alles noch mal?

»Es sind sogar nur noch zwei Tage bis zur zivilen Trauung«, sagt Anna. »Und unsere Probe morgen ohne Trauzeugin macht auch nicht wirklich Sinn, oder?«

»Und wie stellst du dir das vor?«

»Ich lass mich überraschen.«

»Meinst du, da kommt noch eine Trauzeugin angeflogen?«, frage ich.

Anna lächelt verschmitzt. »Kann es sein, dass du Panik hast?«

»Ja, denn ich möchte dich heiraten, diesen Samstag.«

»Das will ich auch«, sagt sie. »Also pass auf. Als mein Vater davon erfahren hat, kannte er kein Halten mehr.« Anna lächelt wieder. »Er meint, er habe die perfekte Lösung gefunden.«

Ich atme mehr als nur erleichtert aus. »Im Finden von Lösungen ist er ganz gut, oder?«

Anna nickt. »Ich habe jedenfalls die Hoffnung, dass er alles wieder gut machen will, was er in meiner Kindheit verbockt hat.«

»Und wer ist jetzt deine Trauzeugin?«

»Das ist, wie unsere gesamte Hochzeit, eine Überraschung.«

»Aber du kennst sie?«

»Das hat mein Vater mir versprochen.«

»Sag ich doch, läuft alles super, oder?«

Anna lächelt. »Das Wichtigste ist, das wir beide uns nicht zerstreiten. Dann werden wir das alles irgendwie hinbekommen, oder?«

Wir küssen uns so lang wie innig und ich verspüre trotz all dem Chaos so etwas wie Vorfreude auf unsere Hochzeit.

23

Am nächsten Morgen stehe ich in einer Mehrzweckhalle und hoffe, dass diese Yogagruppe rechtzeitig verschwindet, welche die halbe Halle mit Sonnengrüßen, Kuhgesichtern und herabschauenden Hunden belagert.

Denn gleich beginnt die Probe unserer Hochzeit.

Zu unserer Überraschung verlief der gestrige Abend ohne weitere Probleme, sieht man einmal davon ab, dass Annas Eltern nicht ein Wort miteinander gewechselt haben. Die ganze Zeit hat Holger mit meinem Vater über Fußball philosophiert, während meine Mutter sich von Margareta darüber aufklären ließ, wie unabhängig und stark man sich als Frau mit mehreren Liebhabern fühlt.

Was für die Ehe meiner Eltern nicht gerade eine glänzende Perspektive darstellt, aber ich muss erst mal meine eigene schließen, bevor ich mir darüber Gedanken machen kann.

Schließlich sind es nur noch zwei Tage bis zu unserer Hochzeitsfeier und nur noch einer bis zur zivilen Trauung. Obwohl Annas Eltern das Fest als große Überraschung inszenieren, haben sie beschlossen, heute eine Probe durchzuführen, nur mit ihnen, uns, meinen Eltern, den Trauzeugen und dem Pfarrer.

Hier in dieser Mehrzweckhalle, in der gerade diverse Menschen in Sportkleidung so tun als wären sie Schildkröten.

Für unsere Probe kann es nur zwei Gründe geben: Entweder Annas Eltern wollen unbedingt, dass alles perfekt läuft, oder sie trauen ihrer eigenen Planung nicht.

Oder der des jeweils anderen.

Das Gute daran ist, dass Anna und ich gleich erfahren, wie die Hochzeit ablaufen wird und bei der Trauung am Samstag nicht völlig vor den Kopf gestoßen werden.

Trotz all der Unsicherheiten freut mich eines besonders: Zur Probe kommt auch mein Trauzeuge Kemal.

Allerdings hätte ich ihn gerne am Flughafen abgeholt, doch Holger hat darauf bestanden, dass die Treuzeugen direkt zur Probe kommen, wahrscheinlich weil er befürchtet, dass sie vorher deren Inhalt ausplappern.

Annas Trauzeugin hingegen soll per Zug angereist sein, was zumindest annehmen lässt, dass sie aus Schweden kommt.

Von Annas Mutter habe ich zudem Andeutungen gehört, dass der Pfarrer eingeflogen wird, was jedoch Annas Vater nicht bestätigt hat.

Diese ganze Geheimhaltung ist mir sehr suspekt und ich befürchte, dass sie nicht nur der Überraschung dient.

Wie auch immer, gleich werden wir es wissen. Ich schaue auf meine Uhr. In fünf Minuten sollen alle eintreffen, doch bisher ist nur diese Yogagruppe da, von der ich hoffe, sie möge so schnell wie möglich verschwinden.

Weil der Rahmen in dieser Mehrzweckhalle eher nicht festlich wird, trage ich keinen Hochzeitsanzug, sondern nur einen einfachen Einreiher. Was auch besser so ist, denn erstens würde ich den Hochzeitsanzug bei meiner Schusseligkeit wahrscheinlich mit irgendetwas vollklecksen oder ein Loch hineinstolpern und zweitens sollen Braut und Bräutigam sich in voller Montur erst zur Trauung sehen.

Was auch eine Überraschung sein wird, aber sicher eine angenehme.

Trotzdem hat Holger Anna und mich auch jetzt schon separiert, damit alles exakt wie bei der Hochzeit abläuft.

Obwohl ich inzwischen gegen die Dinger bin, habe ich heute Morgen die GoPro an mein Revers geheftet. Dadurch hoffe ich, möglichst viel von der Probe mitzubekommen, schließlich filmt das Ding auch dann, wenn ich gerade abgelenkt bin.

Ich schaue wieder auf meine Uhr. Noch drei Minuten.

Gerade als ich mich frage, ob ich den Termin verwechselt habe, stürmt Kemal in die Halle. »So das nix werde!« Er schlägt die Hände über dem Kopf zusammen. »Treuzeugin ist einzige Katastrophe.«

24

Ich blicke Kemal entgeistert an. »Was ist passiert?«

»Trauzeugin ist Griechin!«, sagt er. »Hat keine zwei Minute gedauert, da wir schon in Streit über Zypere.«

»Lass mich raten, du hast das angesprochen?«

»Ich nur wollte wisse, ob Vorurteil, dass alle Grieche glaube, dass Zypere nicht gehöre zu Türkei.«

»Die Insel ist doch geteilt, oder?«

»Deutschland war auch geteilt.« Kemal winkt ab. »Und war gute Idee?«

»Für unsere Hochzeit ist die Zypern-Frage ziemlich irrelevant«, sage ich. »Du bist schließlich nicht in diplomatischer Mission unterwegs, sondern um zu bezeugen, dass Anna und ich heiraten, oder?«

»Ja, aber das nix kann werde gut mit Griechin.«

»Kemal! Jetzt vergiss mal deine Vorurteile und betrachte die Trauzeugin als Mensch. Abgesehen davon darf sie ihre Meinung über die Zypern-Frage haben, genauso wie du auch.« In der Hoffnung, die Trauzeugin zu sehen, drehe ich mich um. Holger und Margareta gehen gerade zu einem Tisch, der in einer Ecke der Mehrzweckhalle steht und mit einem weißen Tuch abgedeckt ist. »Ich glaube, wir müssen da hin«, sage ich zu Kemal.

»Aber Trauzeugin total durchgeknallt«, antwortet er. »Ist irgendwelche Z-Promi, wo glaube, sie seie berühmt.«

»So schlimm wird das schon nicht sein«, sage ich.

»Du müsse austausche Trauzeugin«, sagt Kemal.

»Das geht nicht«, antworte ich. »In Schweden müssen zwei Trauzeugen anwesend sein, damit eine Hochzeit durchgeführt werden kann.«

»Dann nimm Morten und er soll anziehe Perücke.«

»Kemal! Jetzt reiß dich mal zusammen. Willst du ernsthaft, dass meine Hochzeit mit Anna scheitert, nur weil du die Trauzeugin ein bisschen komisch findest?«

Mein Chef blickt mich getroffen an und schüttelt widerwillig den Kopf. »Okay, ich nix mehr sage.«

Wir gehen zu dem Tisch und im nächsten Moment kommt eine junge, großgewachsene Frau in die Mehrzweckhalle; sie trägt einen weißen Hosenanzug, der ihre schlanke Figur betont. Sie streicht sich durch ihr langes, schwarzes Haar und unterhält sich angeregt mit Anna. Meine Braut trägt ein weißes Sommerkleid mit Blumenmuster, es steht ihr perfekt.

»Ist das die Trauzeugin?«, frage ich und nicke in Richtung der Frau im Hosenanzug.

Kemal nickt schweigend.

»Sie sieht doch nett aus.«

Kemal brummelt leise vor sich hin. »Innere Werte entscheidend.«

Die beiden gehen ebenso zu dem Tisch und stellen sich dort neben uns. »Hallo«, begrüßt mich Anna und strahlt über beide Ohren. Holger hat uns eingebläut, dass wir uns vor der Trauung keinen Kuss geben, daher verzichten wir darauf.

»Das ist meine Trauzeugin.« Anna deutet auf die schwarzhaarige Frau, Stolz klingt in ihrer Stimme. »Victoria Tsioanidis. Ich nehme an, du kennst sie.«

Nun schaue ich weder Fernsehen, noch lese ich das *Goldene Blatt*, ich würde also wahrscheinlich nicht mal Königin Silvia erkennen, wenn sie vor mir stehen und nicht gerade eine Krone und ein Schild mit ihrem Namen tragen würde.

Ich will noch etwas antworten, doch mein Zögern verrät alles.

»Sie war die letzte Bachelorette«, sagt Anna nur.

»Na, da bist du hier ja richtig«, antworte ich.

Anna und Victoria gackern beide, als hätte ich gerade den besten Witz der Welt gemacht. »Wir haben zusammen Abitur gemacht«, sagt Anna schließlich.

Victoria lächelt mich an. »Als Holger mich kontaktiert hat, war mir sofort klar, dass ich Anna helfen muss. Ich wollte schon immer Trauzeugin sein, aber niemand traut sich, eine Prominente zu fragen«, sagt sie auf Deutsch, allerdings mit schwedischem Akzent.

»Woher kannst du so gut Deutsch?«, frage ich.

»Die meisten Schweden können das«, sagt sie. »Ich hatte mal einen deutschen Freund, von ihm habe ich einiges gelernt.«

»Und ihr habt euch auch schon bekannt gemacht?« Ich deute auf Kemal.

»Ja«, sagt Victoria und lächelt. »Ich finde es toll, dass es so eine internationale Hochzeit ist.« In ihrem Gesichtsausdruck ist nicht eine Spur Verärgerung zu sehen, im Gegensatz zu jenem von Kemal.

Victoria geht auf ihn zu und knufft ihn in die Seite. »Wir werden das Baby schon schaukeln, oder?«

Kemal lächelt gequält und mir ist unerklärlich, warum er Victoria gegenüber so negativ eingestellt ist.

Nun stellen sich auch Holger und Margareta neben uns und ich bemerke mit Freude, wie sie sich stolz anlächeln. Kurz darauf kommen meine Eltern hinzu.

Auch in ihrem Blick erkenne ich Stolz, nur sie in meinem nicht, denn mein Vater trägt tatsächlich ein Fußballtrikot. Freudestrahlend kommt er auf mich zu.

»Entschuldige, dass ich gestern so abweisend auf die Verkündigung des Nachwuchses reagiert habe«, sagt er. »Aber ich musste das erst mal verarbeiten.«

»Ich auch«, antworte ich, meine aber genau das Gegenteil von ihm. Trotzdem wundere mich über seine Einsicht. Habe ich ihn unterschätzt?

»Also eines ist natürlich besonders wichtig«, sagt er. »Nehmen wir mal an, es wird ein Junge. Für welche Fußballnationalmannschaft spielt er dann? Deutschland oder Schweden?« Er wartet gar nicht erst meine Antwort ab. »Also im Grunde ist das ja eine rhetorische Frage, oder?«

Ich will etwas antworten, doch da bemerke ich im Augenwinkel, wie sich Holgers Gesichtsausdruck versteift.

25

Bevor Holger etwas sagen kann, deute ich auf die Yogagruppe. »Was ist denn mit denen?«, frage ich ihn. »Sind das unsere Gäste bei der Trauung?«

Er schüttelt verärgert den Kopf. »Ich konnte leider nur die halbe Halle mieten, der andere Teil war schon belegt. Sie haben versprochen, rechtzeitig aufzuhören, aber nun finden sie wohl, so eine Hochzeit lädt ihr Chakra auf.«

Jetzt erst fällt mir auf, dass Margareta gar nicht mehr stolz neben Holger steht, sondern einen Meter entfernt die Übungen der Yogagruppe nachmacht.

»Und wenn Margareta mal mit ihnen redet?«, frage ich.

Holger zeigt mir den Vogel. »Dann hören die gar nicht mehr auf.« Er räuspert sich. »Ich schneide die auf dem Video hinterher einfach raus, dann ist es so, als ob die nie dagewesen wären.«

Ich bin mir sicher, dass ich die Yogagruppe trotzdem nie vergessen werde, aber das sage ich natürlich nicht.

Zumal ich davon abgelenkt bin, dass ein grauhaariger Mann in einem violetten Talar die Mehrzweckhalle betritt und gemächlichen Schrittes auf uns zukommt.

»Endlich«, sagt Holger. »Die drei Minuten Verspätung ziehe ich dem Pfaffen von seinem Stundensatz ab.«

Der Pfarrer begrüßt uns mit distinguierter Geste. »Ich bin Kaplan Jeremias Godson und freue mich, das Brautpaar endlich kennenzulernen«, sagt er auf Schwedisch und blickt Anna und mich an. »Auch wenn ich Sie beide noch nie in meinem Bibelkreis gesehen habe.« Er räusperte sich. »Aber was nicht ist, kann ja noch werden. Und sollte es auch.«

Der Pfarrer mustert die Anwesenden und schüttelt seufzend den Kopf. »Einen Punkt würde ich gerne noch klären, bevor wir beginnen.« Er legt eine strenge Miene auf. »Es geht um die Kleiderordnung, ein ganz wichtiger Punkt für eine gelungene Veranstaltung.« Zu meiner Überraschung deutet er jedoch nicht auf das Fußballtrikot meines Vaters, sondern auf Annas knielanges Sommerkleid. »Ich denke, es ist selbstverständlich, dass alle Kleider die Knöchel überdecken sollten. Von Rücken, Armen und Schulter brauche ich nicht zu reden, das sind Selbstverständlichkeiten.« Er schaut uns ernst an. »Ich bin mir bewusst, es sind moderne Zeiten, so dass ich ein Kopftuch nicht verpflichtend vorschreiben würde, aber eine dringende Empfehlung sollten Sie schon für Ihre weiblichen Gäste aussprechen.«

Ich hoffe erst, das alles falsch verstanden zu haben, schließlich ist mein Schwedisch nicht perfekt, doch als ich Annas entsetztes Gesicht sehe, wird mir klar, dass die Hoffnung nicht etwa zuletzt stirbt, sondern in dem Fall schon abgemurkst wurde.

»Die Kleiderordnung laut Einladung ist festlich-leger«, sagt Margareta, die tatsächlich mit ihren Yoga-übungen aufgehört hat und genauso irritiert zu sein scheint wie wir.

»Ich erwarte ja auch keine Keuschheitsgürtel«, antwortet der Pfarrer. »Jedenfalls nicht für die schon verheirateten Frauen.«

Da fällt mir auf, dass Holger als Einziger nicht irritiert zu sein scheint, jedenfalls nickt er zustimmend. Womit klar sein dürfte, wer den Pfarrer organisiert hat.

»Ich darf Sie nun bitten, sich entsprechend umzu-ziehen«, sagt der Pfarrer. »Die Zeremonie selbst wer-den wir zwar nicht proben, denn sie ist heilig und darf nur einmal vollzogen werden, aber die Gebete, die wir gleich sprechen werden, sollten auch Ihnen helfen, den richtigen Zugang zur Trauung zu finden.« Pfarrer Godson schaut Holger fragend an. »Wo befindet sich denn der Opferstein für das Lamm?«

»Was?«, rufen Margareta, Victoria, Anna und ich im Chor.

Meine Eltern hätten das sicher auch gerufen, hätten sie verstanden, was der Pfarrer auf Schwedisch gesagt hat.

»Wir werden gemäß urchristlicher Tradition ein Lamm opfern, als Zeichen eurer Liebe«, sagt er und schaut uns dermaßen ernst an, dass es sich unmöglich um einen Scherz handeln kann.

Mit vielen Kapitänen
fährt das Schiff den Berg hinauf.
Japanische Weisheit

26

Margareta stellt sich empört vor den Pfarrer. »Sie wollen ein Lamm schlachten? Auf einem Opfertisch?«

Der Pfarrer nickt. »Das kann dann später beim Hochzeitsbankett serviert werden.«

»Es gibt ein bio-dynamisches veganes Hochzeitsmenü«, antwortet Margareta. »Es wird also kein Lamm geschlachtet und schon gar nicht serviert.«

»Bevor ich Grünzeug ess, hätte ich lieber das Lamm«, widerspricht Holger. »Wir können ja eine Liste unter den Gästen verteilen, wer noch gern davon hätte.« Er sieht Margareta herausfordernd an. »Es werden sich sicher einige Interessierte finden.«

Sofort entbrennt eine Diskussion zwischen Margareta, Anna, Holger, Victoria und dem Pfarrer über Opferlämmer, veganes Essen und ein Kopftuchverbot für fundamentalistische Christen.

Mein Vater stupst mich an. »Um was geht es denn hier?«

»Das Buffet«, seufze ich.

»Na, ist doch ganz einfach«, sagt er. »Smörrebröd Smörrebröd römpömpömpöm.«

Ich seufze. »Smörrebröd kommt aus Dänemark.«

Mein Vater zuckt mit den Schultern. »Mir egal, ich ess alles, außer die Würste vom Uli Hoeneß.«

125

»Die wird es ganz sicher nicht geben.«

»Elchsteak wäre lecker.« Mein Vater imitiert ein Schmatzen. »Was heißt das denn auf Schwedisch?«

»Da ist witzig«, antworte ich. »Weil Braten heißt im Schwedischen Stek, aber Steak heißt Biff.«

»Und was heißt Elch?«

»Älk.«

»Smörrebröd Älkstek!«, ruft mein Vater unvermittelt und geht nach vorn zum Pfarrer.

»Du meinst Älkbiff«, korrigiere ich ihn.

»Wir sollen einen Elch auf dem Opfertisch schlachten?«, fragt der Pfarrer. »Also wie ihr wollt, das ist schließlich ein traditionelles Hochzeitsessen in Schweden. Aber ich persönlich finde so ein kleines, süßes Lamm als Opfer passender.«

Anna mustert mich so irritiert, als hätte ich gerade vorgeschlagen, auf unserer Hochzeit vor versammeltem Publikum einen Elch zu schlachten.

»Wir wollen gar nichts schlachten!«, rufe ich auf Schwedisch. Doch schon im nächsten Moment wird mir klar, dass es so wirkt, als hätte ich nur wegen Anna klein beigegeben.

»Smörrebröd Älkstek! Smörrebröd Älkstek! Smörrebröd Älkstek!«, schreit derweil mein Vater und tanzt vor dem Pfarrer als sei er ein Medizinmann. Auch Holger stimmt mit ein, wahrscheinlich um Annas Mutter zu ärgern, die für das Buffet zuständig war.

Gerade als ich vor Scham meinen Kopf in den Händen vergraben will, flüstert jemand mit eindringlicher Stimme: »Das ist ganz schlecht für euer Karma!«

Ich drehe mich um. Hinter uns steht ein blonder Schwede, der sich als buddhistischer Mönch verkleidet hat. Jedenfalls trägt er ein orangenfarbenes Tuch um den Körper und Jesuslatschen. Wahrscheinlich gehört er zu der Yogagruppe.

»Da bist du ja endlich!«, ruft Margareta. Sie räuspert sich und stellt sich auf die Zehenspitzen. »Das ist Brahmana Brahmanson, unser buddhistischer Geistlicher für die Zeremonie.«

Ich blicke Margareta irritiert an. »Wir haben zwei Pfarrer für unsere Trauung?«

27

Margareta deutet auf beide Geistliche und zuckt mit den Schultern. »Holger und ich konnten uns nicht auf einen einigen. Inzwischen ist ja wohl auch klar weswegen.«

»Wie soll das gehen?« Ich nehme Margareta beiseite. »Ein ultrakonservativer Protestant und ein buddhistischer Mönch?«

»Jeder gestaltet einen Teil der Zeremonie«, antwortet sie. »Und die Trauung zelebrieren sie dann gemeinsam.«

»Und das soll funktionieren?«, frage ich.

»Deswegen machen wir ja die Probe.«

Brahmana Brahmanson stellt sich derweil vor den weißen Tisch und hüpft ansatzlos im Yogasitz hinauf. Ich reibe mir die Augen. Hätte ich das versucht, wären wahrscheinlich entweder meine Kniegelenke oder der Tisch in die ewigen Jagdgründe übergewechselt.

»Jetzt sammeln wir uns erst einmal, damit die Hektik von diesem Ort verschwindet.« Brahmanson winkelt seine Arme nach außen ab und formt mit den Fingern ein O. »Ommmmm«, summt er.

Alle blicken den Mönch irritiert an, mein Vater stoppt sogar seinen Smörrebröd-Älkstek-Tanz und nur Margareta summt mit.

Und Kemal, wahrscheinlich weil er froh ist, überhaupt einmal etwas verstanden zu haben.

»Wer beten möchte, kann das natürlich auch tun«, sagt Pfarrer Godson und stimmt auf Schwedisch an: »Vater unser im Himmel …«

Woraufhin Brahmanson noch lauter omt.

Und Godson lauter betet.

Anna und ich werfen uns skeptische Blicke zu. »Ich hoffe, das mit dem Elch war ein Scherz«, flüstert sie.

»Das war ein Missverständnis«, antworte ich. »Mein Vater hatte das vorgeschlagen.«

»Bitte keine Privatgespräche«, sagt Pfarrer Godson. »Nur mit Gott. Beten oder Om.«

Ich seufze stattdessen.

Nach einer gefühlten Ewigkeit, in der ich unruhig hin und her tripple, hört Brahmanson endlich auf zu omen. »Jetzt, da wir unsere Ruhe wiedergefunden haben, machen wir uns von allen Zwängen frei«, sagt er und schaut uns entrückt an. »Wir sollten jede Hochzeit so nah wie möglich an der Natur ausrichten, nah an uns selbst. Wir müssen wieder zurück dorthin, wo wir herkommen.«

Ich weiß zwar nicht, ob das angesichts von uralten Opferlammschlachttraditionen der richtige Ansatz ist, aber vielleicht will Brahmanson ja noch weiter in der Geschichte zurück, ich hoffe es zumindest.

»Die unverfälschte Natur soll unser Leitbild sein«, sagt er. »Deswegen entledigt euch von allem, was euch davon trennt.« Bedächtig legt er sein orangenfarbenes

Tuch ab, darunter trägt er nur eine ebenfalls orangenfarbene Unterhose. »Macht euch frei vom Zwang, frei von den Ketten des Alltags. So wie Mutter Natur uns geboren hat.« Jetzt zieht er auch seine Unterhose aus. An seinen Lenden hängt etwas, dass man als schlafenden Buddha bezeichnen könnte.

Jedenfalls starren ihn einige Frauen an, allen voran Margareta.

Die wiederrum von allen Männern angestarrt wird, denn sie ist nackt.

Genau wie die Yogagruppe im anderen Teil der Halle.

Jeder Wunsch, den du ins Universum schickst,
belästigt die Engel.
Kalu Rinpoche, tibetanischer Lama

28

Im nächsten Moment fängt mein Vater wieder an zu tanzen und singt: »Smörrebröd Älkstek!«

Während meine Mutter schreit: »Feminismus braucht keine nackten Titten!« Und ihren BH lüftet.

Ja, nicht nur mir scheint das inkonsequent, aber bevor ich das thematisieren kann, steht schon Pfarrer Godson vor uns und hebt sein Kreuz hoch, als habe er Vampire in der Mehrzweckhalle gesichtet. »Verflucht seid ihr alle!«

»Wird tolle Heirat«, sagt derweil Kemal. »Viel besser als in Türkei, wo schlachte arme süße Lamm und obe von Mosche singe jemand, wo nix könne halte Ton.«

»Hier ist ja mehr Zoff als beim Bachelor in der Umkleide«, sagt Victoria und lächelt beeindruckt.

»Eine freie Welt schafft man vor allem mit freier Liebe!«, ruft derweil Brahmanson und schaut Anna und mich an.

»Ist eine Heirat nicht so ziemlich das Gegenteil von freier Liebe?«, frage ich.

Brahmanson nickt. »Manche brauchen sehr viel länger für diese Erkenntnis als du. Oder haben sie erst nach der Hochzeit.«

»Ich will aber keine freie Liebe«, sage ich. »Ich will Anna heiraten.«

»Also willst du, dass die Welt unfrei bleibt?«

»Das hat doch nichts mit unserer Hochzeit zu tun.«

»Alles hängt mit allem zusammen.« Er deutet auf Anna. »Außerdem wissen wir noch gar nicht, wie deine Braut das sieht. Anna, du möchtest doch auch, dass alle Menschen frei und glücklich werden, oder?«

»Ja, aber dazu möchte ich nicht mit allen möglichen Typen in die Kiste steigen müssen.« Sie blickt Brahmanson genervt an. »Ich möchte Matthias heiraten und er mich. Ist das so schwer zu verstehen?«

»Ihr wisst gar nicht, welcher Möglichkeiten ihr euch beraubt.«

»Wir sind keine neunzehn mehr«, sagt Anna. »Freie Liebe hatte ich schon.«

»Was?«, platzt es aus mir heraus. Denn ich hatte vor Anna nur eine einzige Freundin, Claudia, die mich verließ, kaum hatten wir zusammen ein Haus gebaut.

Auch wenn es mir als Mann peinlich ist, das zuzugeben, vor Claudia war ich Jungfrau.

Interessanterweise wäre es mir als Frau nicht peinlich, was einiges über das verquere Rollenbild sagt, welches wir ach so modernen Westeuropäer immer noch haben. Doch das mit der freien Liebe geht selbst mir zu weit. »Mit neunzehn?«, frage ich Anna.

Sie zuckt mit den Schultern. »Schweden ist ein liberales Land. Nur wenn man weiß, wie etwas ist, kann man sich ein Urteil darüber bilden.«

Irgendwie fühle ich mich dadurch angegriffen, denn übersetzt heißt das ja, dass ich mir kein Urteil bilden kann. Jedenfalls nicht über freie Liebe.

»Vielleicht hast du nur nicht die richtigen Männer kennengelernt«, sagt Brahmanson und rückt näher an

Anna heran, wobei sein schlafender Buddha gar nicht mehr so schlafend aussieht.

Ich stelle mich zwischen die beiden. »Gehe ich recht in der Annahme, dass mir dieser Geistliche auf meiner Hochzeit die Frau ausspannen will? Und zwar mit einem billigen Trick, auf den nicht mal Fünfzehnjährige reinfallen!«

»Ich war neunzehn!« Anna blickt mich erbost an.

»So weit kommt es, wenn die Sitten erst verfallen sind!«, ruft Godson dazwischen. »Das ist schlimmer als Sodom und Gomorrha!«

»Man kann niemanden zu seinem Glück zwingen.« Brahmanson lässt uns stehen und schlendert in Richtung Yogagruppe. »Ihr seid die Auserwählten!«, ruft er ihnen entgegen.

Ich wende mich an Holger und Margareta. »Vielleicht solltet ihr die Wahl der Geistlichen noch mal überdenken.«

Holger hört allerdings gar nicht hin, sondern starrt seiner Ex-Frau nur auf die nackten Brüste.

Männer!, denke ich und wende mich wieder Anna zu. »Ich habe das vorhin nicht so gemeint«, sage ich.

»Männer!«, antwortet sie nur und lässt mich stehen.

Auf die Frage, ob man heiraten solle oder nicht,
gab Sokrates die Antwort:
»Was du auch tust, du wirst es bereuen.«
Diogenes Laertius, antiker Philosophiehistoriker

29

Weit kommt Anna allerdings nicht, denn noch bevor sie das Ende der Mehrzweckhalle erreicht, versperren ihr zwei Polizisten in Uniform den Weg. Sie unterhalten sich kurz mit ihr, wobei ich aufgrund der Distanz kein Wort verstehen kann. Ich sehe lediglich, dass Anna den Kopf schüttelt und schließlich mit den Polizisten zu uns geht.

»Kommen auch noch Stripper?«, fragt Kemal, was dummerweise einer der Polizisten hört.

Derweil läuft Pfarrer Godson den Polizisten entgegen und deutet auf Anna und mich. »Das sind diese gottlosen Übeltäter.«

Godson stellt eine Anzeige wegen Erregung öffentlichen Ärgernisses und die Polizisten nehmen sie auf, was meine Frage beantwortet, ob es diesen typisch deutschen Straftatbestand in Schweden überhaupt gibt.

»Sie sind der Bräutigam?«, fragt mich einer der Polizisten schließlich.

Ich nicke.

Der Polizist deutet auf die Yogagruppe, die dermaßen ineinander verkeilt ist, dass selbst ich das nicht für eine Übung halte. »Und das sind die Hochzeitsgäste?«

»Die kennen wir nicht«, antworte ich. »Bis auf unseren Geistlichen, der wahrscheinlich ganz unten in dem Pulk liegt.«

»Sie geben also zu, für das Chaos hier verantwortlich zu sein?«

Ich blicke in Richtung von Holger und Margareta, aber die scheinen verschwunden zu sein. »Das sollte die Probe unserer Hochzeit werden«, antworte ich. »Meine Schwiegereltern haben das arrangiert. Wir wussten gar nicht, was geplant ist.«

Der Polizist schaut mich an, als habe ich ihm gerade erzählt, dass ein rosa Elefant für all das hier verantwortlich sei. »Und wo sind Ihre Schwiegereltern jetzt?«, fragt er.

Ich schaue Anna an. »Hast du sie gesehen?«

Anna schüttelt den Kopf. »Dafür sind nicht meine Eltern verantwortlich, sondern dieser Brahmanson.«

»Den ihre Eltern engagiert haben«, füge ich hinzu, um bei der Wahrheit zu bleiben.

Anna blickt mich erneut erbost an.

Derweil deutet der Polizist auf die GoPro an meinem Jackett. »Haben Sie eigentlich eine Drehgenehmigung?«

Ich schüttle den Kopf. »Wenn dann hat die mein Schwiegervater ...«

»Sag doch gleich, dass meine Eltern an allem Schuld sind«, sagt Anna. »Hätte dein Vater nicht verlangt, dass ein Elch auf dem Altar geopfert wird, wäre es gar nicht so weit gekommen!«

»Einen Elch opfern?«, fragt der Polizist.

Godson nickt eifrig. »Ich fand das ja auch absurd. So ein kleines, süßes Lamm tut es schließlich auch.«

Der Polizist lupft beide Augenbrauen. »Ich würde vorschlagen, wir lösen das hier auf und setzen die Unterhaltung auf der Polizeiwache fort.«

Wem alles schiefgeht, dem bricht der Zahn
auch beim Puddingessen.
Türkisches Sprichwort

30

Erst gegen Abend dürfen Anna und ich die Polizeiwache verlassen. Die Anzeige konnten wir nicht abwenden, schlimmer noch, wahrscheinlich kommen zwei Polizeibeamte zu unserer Hochzeit, um sicherzustellen, dass sich die Ereignisse von heute Vormittag nicht wiederholen.

Da beklagen sich alle immer über zu wenig Polizei und trotzdem haben die Herren für so etwas Zeit.

Vielleicht wollen sie auch einfach nur dabei sein, falls es zu einer Orgie kommt. Schließlich sind das ja auch nur Menschen.

Oder Männer genaugenommen.

Anna ist sauer auf mich, da ich die Verantwortung für die misslungene Probe ihren Eltern zugeschoben habe. Sie meint, in einer Familie stehe man füreinander ein, selbst wenn jemand einen Fehler macht.

Da meine Eltern so gut wie nie für mich eingestanden sind, wenn ich einen Fehler gemacht habe, kann ich das nicht so recht nachvollziehen.

Vielleicht habe ich aber auch einfach zu viele Fehler gemacht und meine Eltern hatten irgendwann keine Lust mehr, den Kopf dafür hinzuhalten.

141

Jedenfalls meint Anna, sie würde mit ihren Eltern reden, um die Hochzeit zu retten und die Situation mit den Priestern zu klären.

»Und ich darf nicht mit?«, frage ich.

»Deine Eltern haben, glaube ich, auch Gesprächsbedarf«, antwortet sie.

Ich seufze. »Okay, ich seh zu, dass sie sich morgen besser benehmen.«

Anna nickt. »In Zukunft sind wir eine Familie«, sagt sie. »Doch momentan merke ich da noch nichts von.«

»Es hat Gründe, dass wir unsere Eltern bisher aus unserer Beziehung herausgehalten haben, oder?«

»Ja, aber das geht jetzt nicht mehr«, antwortet Anna. »Auch das gehört zu einer Heirat dazu. »Schließlich werden sie mal die Großeltern unserer Kinder sein ...«

»Bist du doch schwanger?«

»Wir kannst du daran jetzt nur denken!« Anna blickt mich vorwurfsvoll an.

»Wir wollten uns doch von unseren Eltern nicht auseinanderbringen lassen«, sage ich.

Anna nickt. »Du hast recht.« Sie schaut mich mit einer Mischung aus Zweifel und Zuversicht an. »Ich hoffe, wir schaffen das.«

***

Das Gespräch mit meinen Eltern verläuft so erfolgreich wie mit zwei dreizehnjährigen Pubertierenden, die weder Einsicht noch Vernunft kennen.

Wenigstens verspricht mir mein Vater, zum Standesamt kein Fußballtrikot anzuziehen und meine Mutter, ihre Brüste unter der Bluse zu belassen.

Allerdings verlangt mein Vater das Panini-Album der WM 1990, sonst könne er für nichts garantieren und meine Mutter fordert eine paritätisch besetzte Priesterschaft.

Ich vertröste meine Eltern auf den nächsten Tag. Woraufhin sie der Auffassung sind, dass Annas Eltern die Ursache für alle Probleme seien, wobei meine Mutter beide beschuldigt, mein Vater hingegen nur Margareta.

Ich kann nicht anders, als meine zukünftigen Schwiegereltern zu verteidigen.

Als meine Eltern dann auch noch meinem Trauzeugen die Schuld in die Schuhe schieben wollen, lasse ich sie einfach stehen und laufe so allein wie frustriert nach Hause.

Ich bin gegen Sex vor der Hochzeit.
Man könnte ja zu spät zur Feier kommen.
Unbekannt, aber wahrscheinlich Schweizer

31

Zu Hause erwartet mich niemand.

Anna ist noch mit ihren Eltern unterwegs und Mr. Yin und Mr. Yang scheinen die Nacht im Hotel zu verbringen.

Ich logge mich bei eBay ein und falle beinah in Ohnmacht, als ich sehe, dass die vollständigen Panini-Hefte der WM 1990 mit mehr als tausend Euro gehandelt werden.

Jedenfalls solche, die nicht von Kindern verunstaltet wurden. Das wäre mir egal, aber meinem Vater nicht.

Denn er würde sofort erkennen, dass nicht mein Gekritzel in dem Album steht.

Ich überlege gerade, wie ich das Problem lösen kann, als es an der Haustür klingelt. Ich schaue auf die Uhr, es ist schon kurz nach zehn Uhr abends.

Ich vermute, dass Anna ihren Schlüssel vergessen hat und öffne die Tür.

Vor mir steht allerdings Victoria, ihre Trauzeugin.

Sie trägt einen ziemlich kurzen roten Minirock, eine rote dreiknöpfige Bluse mit tiefem Ausschnitt und transparente Stilettos. »Darf ich reinkommen?«, fragt sie.

»Klar«, antworte ich. »Was gibt es denn? Schickt Anna dich?«

Victoria schüttelt den Kopf. »Die ist doch noch bei ihren Eltern, oder?«

Ich nicke.

»Das war ja ein ganz schönes Chaos heute.« Victoria setzt sich ungefragt auf die Couch und schlägt die Beine übereinander.

Ich nicke wieder, mustere Victoria verstohlen und frage mich, was sie hier will.

»Du wunderst dich sicher, was ich hier mache«, sagt sie und ich nicke zum dritten Mal.

»Sehr gesprächig bist du nicht.«

Ich bin versucht wieder zu nicken, sage dann aber: »Stimmt.«

Victoria lächelt mich an. »Ich bin hier, um die Ehefähigkeitsprüfung vornehmen.«

»Was?«

»Die Ehefähigkeitsprüfung. Die ist in Schweden Voraussetzung, dass eine Ehe geschlossen werden kann.«

»Das macht doch die Finanzbehörde«, sage ich. »Sonst hätten wir gar nicht das Aufgebot bestellen ...«

Ich komme nicht weiter, denn Victoria hat gerade die Knöpfe unter ihrer Bluse aufgeknöpft, unter der sie keinen BH trägt.

»Was gibt das, wenn es fertig ist?«, frage ich.

»Die Ehefähigkeitsprüfung«, sagt sie so nüchtern, als wäre sie wirklich Finanzbeamtin und würde meine Steuerunterlagen sichten.

»Ich habe kein Interesse.« Ich wende meinen Blick von den nackten Brüsten ab.

Victoria erhebt sich von der Couch und stolziert auf mich zu. »In meiner Verantwortung für Anna muss ich sichergehen, dass du in der Lage bist, die Ehe zu vollziehen.«

»Das bin ich«, sage ich. »Und das weiß Anna auch.«

»Aber ich weiß es nicht.« Victoria lächelt mich siegessicher an. »Ich habe extra die GoPro daheim gelassen«, sagt sie. »Damit die Prüfung unter uns bleibt.«

»Ich glaube, du solltest besser gehen«, antworte ich kühl.

Victoria schüttelt den Kopf. »Okay, ich will ehrlich zu dir sein.« Sie setzt sich neben mich, legt ihre Hand bedrohlich nah neben meinen Oberschenkel. »Das mit der Prüfung war natürlich Unsinn, nur ein Rollenspiel, um es dir leichter zu machen. Jedenfalls war ich nicht umsonst Bachelorette«, sagt Victoria. »Denn ich hatte schon immer die Fantasie, mit einem Bachelor, einem Junggesellen am Vorabend der Trauung ...«

»Ich hatte diese Fantasie nie«, unterbreche ich sie.

Ihre Hand wandert in Richtung meines Oberschenkels. »Das kann sich ja noch ändern«, haucht Victoria.

Ich schüttle den Kopf. »Ich bin schon an meinem Junggesellenabschied hart geblieben.«

»Ein schönes Wortspiel. Sehr verführerisch.« Sie zwinkert mir zu.

»Ich habe sogar zwei vietnamesische Zwillinge abgewiesen, zwei Ladyboys genau genommen.«

»Wie hättest du denn mit den Ladyboys Sex haben wollen?« Victoria schiebt die Hand endgültig auf meinen Oberschenkel.

»Die Gedanken habe ich mir ehrlich gesagt damals gar nicht gemacht.« Ich schiebe ihre Hand wieder weg.

»Niemand wird davon erfahren«, sagt sie. »Nur du und ich und unsere Erinnerung.«

Ich stehe auf. »Sorry, ich bin Anna treu.«

»Und was machst du, wenn sie doch wieder Lust auf freie Liebe bekommt?« Victoria steht auch auf und lüpft ihren Rock einen Zentimeter. »Dann wirst du dieser Nacht ewig hinterhertrauern.«

»Dann ist diese Nacht mein geringstes Problem«, sage ich.

»Falls Anna sich anders entscheidet, brauchst du morgen vielleicht eine Verbündete.« Victoria lüpft ihren Rock einen weiteren Zentimeter. »Jemand, der ihr gut zuredet.«

»Würdest du jetzt bitte gehen?« Ich deute zur Tür. »Anna heiratet mich, weil sie es will. Oder sie heiratet mich gar nicht.«

Victoria stellte sich direkt vor mich. »Es ist ganz einfach. Du erfüllst meine sexuelle Fantasie und ich schweige wie ein Grab.« Sie deutet mit dem Finger auf meinen Schritt. »Weist du mich aber ab, dann sage ich Anna noch heute Nacht, dass wir Sex hatten. Dann platzt eure Hochzeit so sicher, wie ein Kondom, das man zu einem Heißluftballon aufbläst.«

Das Standesamt heißt so,
weil man danach viel durchstehen muss.
***Klaus Klages, deutscher Gebrauchsphilosoph und
Abreißkalenderverleger***

32

Es ist eine klassische Loose-Loose-Situation, in der man nur Fehler machen kann. Ich weiß nicht, wie ich das anstelle, aber irgendwie scheine ich diese Situationen magisch anzuziehen.

Weil es nach meiner Erfahrung in solchen Situationen am besten ist, auf sein Herz zu hören und nicht auf unter der Gürtellinie liegende Organe, schmeiße ich Victoria so höflich, aber bestimmt aus unserer Wohnung, wie mir das in dem Moment möglich ist.

Sie droht mir erneut, Anna zu erzählen, ich hätte sie mit ihr betrogen. Ich glaube Victoria sogar, dass sie das tun wird, aber es geht ja im Leben nicht darum, was jemand erzählt, sondern was er tut.

Okay, würden sich alle danach richten, könnte die Klatschpresse einpacken.

Kaum habe ich Victoria hinausgeworfen, herrscht plötzlich wieder diese Stille in unserer Wohnung.

Anna hat sich immer noch nicht gemeldet. Ich schreibe ihr eine SMS und frage, wie es mit ihren Eltern läuft.

Kaum habe ich die SMS abgesendet, fällt mir ein, dass ich wohl noch hätte erwähnen sollen, dass Victoria hier war.

Aber so beiläufig geht das eben nicht.

Früher, da konnte man sich so etwas erst erzählen, wenn man sich traf, da gab es bis dahin keinen Vertrauensbruch.

Klar, man hätte auch einen Brief schreiben können oder per Festnetz anrufen, aber Letzteres ging ja nur, wenn beide daheim waren.

Dann wurde irgendwann der Anrufbeantworter erfunden und dass ganze Unglück begann.

Denn das Ding beantwortet schließlich keinen Anruf, es hinterlässt nur die Pflicht, sich schnellstmöglich zu melden.

Und mit dem Handy ging dann alles endgültig bergab.

Jetzt muss man jederzeit erreichbar, jederzeit ehrlich und jederzeit über alles informiert sein.

Da ist der moderne Mensch doch heillos mit überfordert.

Und der Neandertaler wäre es auch.

Mitten in diesen Gedanken fällt mir auf, dass es wohl mein größtes Talent ist, in Krisensituationen philosophische Betrachtungen anzustellen, die niemandem etwas nutzen.

Ich nehme mein Telefon und rufe Kemal an. Schließlich soll der Trauzeuge einem in der größten Not beistehen.

»Die Treuzeugin ist eine Katastrophe«, melde ich mich.

Entgegen meiner Erwartung lacht Kemal nicht, sondern seufzt nur. »Matthias«, sagt er schließlich. »Besser reiße dich zusamme. Oder wolle du, dass deine

Hochzeit scheitere, nur weil du finde Trauzeugin bisschen komisch?«

»Sie ist nicht komisch, sie ist total durchgeknallt.«

»Sind gewese meine Worte, was du mir verbote zu sage wie in Türkei.«

»Entschuldigung. Aber sie wollte mich verführen!«

»Irgendwie das dir immer passiere, obwohl du total langweilige Typ. Vielleicht ich sollte auch so langweilig werde wie du, damit ich mehr Erfolg bei Fraue.«

»Vielleicht wird man für manche Frauen erst interessant, wenn man heiratet.«

»Gute Idee«, sagt Kemal. »Muss gleich mache meine Freundin Antrag.«

»Kemal! Man heiratet nicht, weil man will, das andere Frauen einem hinterherlaufen, sondern weil man nur noch mit einer einzigen zusammen sein möchte.«

»Du totale Spaßbremse«, entgegnet Kemal. »Ich nur gemacht Scherz aber du nix verstehe, weil du glaube, ich Hinterwäldler.«

»Entschuldigung.«

»Aber trotzdem gutes Idee für bringe ein wenig Feuer in Beziehung.«

Leider weiß ich nicht einmal, wer von den Gästen alles zugesagt hat, denn auch das haben die zukünftigen Schwiegereltern vor uns geheim gehalten. »Kommt deine Freundin auch auf die Hochzeit?«

»Ja, sie extra nehme frei.«

Ich spare mir die Frage, ob Pinh noch in der Tabledancebar arbeitet, in der Kemal sie während meines Junggesellenabschieds kennengelernt hat.

»Und was du jetzt wolle tue mit Trauzeugin?«, fragt Kemal. »Du wolle feuere?«

»Wir haben keine Wahl«, sage ich. »Es müssen zwei Trauzeugen anwesend sein. »Also findet die Hochzeit mit ihr statt oder gar nicht.«

152

33

Am nächsten Morgen stelle ich erstaunt fest, dass ich auf der Couch eingeschlafen bin. Ich schleiche mich in das Schlafzimmer.

Wie ich Anna so friedlich schlafen sehe, schwöre ich mir, sie immer zu lieben.

Durch einen Blick in das Schlüsselloch unseres Gästezimmers stelle ich fest, dass niemand darin liegt, vielleicht hat Annas Mutter ja bei Holger übernachtet und alles wird gut?

Im nächsten Moment wacht Anna auf. »Wie war es gestern bei deinen Eltern?«, frage ich nach dem Gutenmorgenkuss.

»Ich weiß nicht«, antwortet sie. »Ich glaube, sie haben mir nicht die volle Wahrheit gesagt.«

»Wieso?«

»Aus ihrer Sicht war alles kein Problem, sie hätten schon mit den Geistlichen geredet und die Trauung würde ganz anders ablaufen als die Probe. Wir sollen uns keine Gedanken machen.« Anna streichelt mir über die Schulter. »Und bei dir?«

»Meine Eltern haben die Probleme auch ignoriert«, antworte ich. »Ist vielleicht gut, dass heute erst einmal die zivile Trauung im kleinen Kreis ist, mit einer Beamtin, die das eher neutral abhalten wird.«

»Und sonst war nichts?«

Ich überlege, ob ich Victorias Besuch erwähnen soll, aber ich finde einfach nicht die richtige Formulierung und den richtigen Grund, warum ich Anna das gestern nicht schon erzählt habe.

Andererseits weiß ich, dass Anna Unehrlichkeit hasst.

»Victoria ...«, beginne ich.

»Die muss ich auch noch anrufen.« Anna steht auf und greift zu ihrem Telefon. »Frauengespräch«, sagt sie zu mir, geht ins Wohnzimmer und schließt die Schlafzimmertür.

Allein bleibe ich im Schlafzimmer zurück, lehne mein Ohr an die geschlossene Tür, doch ich kann nichts hören.

Entweder Anna ist so geschockt, dass sie nichts sagen kann oder Victoria lässt sie gar nicht zu Wort kommen.

Ich warte ein paar Minuten, höre jedoch immer noch nichts.

Vorsichtig schleiche ich aus dem Schlafzimmer, Anna telefoniert ruhig, sachlich, es geht um irgendwelche Hochzeitsspiele. Ich beschließe, dass Victoria nur eine leere Drohung ausgesprochen hat und es daher besser für alle ist, wenn ich ihren Besuch gar nicht erst erwähne.

Sonst springt sie uns ab und es gibt keine Hochzeit.

Außerdem ist nichts passiert und es gibt nichts, was ich beichten müsste.

Weil die zivile Trauung erst am frühen Nachmittag stattfindet, frühstücken Anna und ich in aller Ruhe und ziehen uns anschließend um. Wobei ich nur einen schönen schwarzen Anzug, aber nicht meinen Hochzeitsanzug trage und Anna ein weißes, ziemlich knappes Kleid, das auch nicht ihr Hochzeitskleid ist.

Während wir uns umziehen, schaue ich immer wieder zu Anna herüber und bin stolz, dass sie in wenigen Stunden meine Frau sein wird.

Auch wenn die Hochzeit im Finanzamt stattfindet.

Wenigstens gibt es anschließend einen Umtrunk in der Fischkirche.

Morgen dann ist die festliche Trauung in den Schären. Solange es dabei keine neue Anzeige wegen Erregung öffentlichen Ärgernisses gibt, sollten wir das irgendwie hinbekommen.

Weil das Finanzamt nur zwei Straßenbahnstationen von unserer Wohnung entfernt ist, fahren wir nach dem Mittag mit der Straßenbahn zur Trauung. Wegen unserer festlichen Kleidung ruhen alle Blicke auf uns und wir genießen mehr Aufmerksamkeit, als hätten wir die kurze Strecke mit einem Rolls-Royce zurückgelegt.

Da sage noch jemand, Autos seien prestigeträchtig.

Nach wenigen Minuten kommen wir an das Finanz- und Meldeamt, in Schweden *Skatteverket* genannt, ein langweiliges, modernes Bürogebäude aus Beton, Glas und Klinkersteinen.

Okay, es sieht besser aus, als alle Finanzämter, die ich aus Deutschland kenne, aber für schwedische Verhältnisse ist das Gebäude ausgesprochen hässlich.

»Wie fühlst du dich?«, frage ich Anna.

»Ich bin ein bisschen nervös.« Sie lächelt mich an.

»Heiraten ist eine der wenigen Dinge, in denen man am besten keine Übung hat«, sage ich.

Anna lächelt.

Gerade als wir an den Eingang des Finanzamtes kommen, stürmt Kemal heraus. Er ist so gestresst, dass er uns beinah über den Haufen rennt. »Hast du die anderen schon gesehen?«, frage ich ihn.

Kemal blickt uns entgeistert an. »Ich glaube, habe mich falsch verstande in Standesdings hier.« Er schüttelt den Kopf. »Habe gemeint, Trauung ist abgesagt.«

Viele Kinder haben schwer erziehbare Eltern.
Jean-Jacques Rousseau, Genfer Schriftsteller und
Wegbereiter der Französischen Revolution

34

»Das muss ein Missverständnis sein«, sage ich, schließlich ziehe ich diese verdammten Missverständnisse an wie ein Elektromagnet eine Büroklammer.

Wir gehen mit Kemal an den Auskunftsschalter und weil wir nicht in Deutschland sind, warten wir nicht erst zwei Stunden, bis uns jemand sagt, dass der Schalter gleich schließen wird, sondern wir kommen direkt an die Reihe. »Wir heiraten heute hier«, sagt Anna auf Schwedisch. »Anna Svenson und Matthias Käfer.«

Die Frau hinter dem Tresen nickt uns freundlich zu, doch in dem überraschten Ausdruck ihrer Augen sehe ich, dass hier etwas ganz und gar nicht stimmt.

Sie deutet auf Kemal. »Der junge Herr war deswegen eben schon hier, aber wenn meine Unterlagen stimmen, wurde die Hochzeit heute Morgen abgesagt.«

»Das kann nicht sein!« Anna stemmt die Arme in die Hüfte.

»Am besten Sie gehen zur zuständigen Beamtin, welche die Trauung vornehmen sollte«, sagt die Frau hinter dem Schalter. »Ist sicher nur ein Missverständnis.«

Sie gibt uns eine Zimmernummer und schickt uns in den dritten Stock. Das Innere des Gebäudes ist so schmucklos wie eine Lidl-Filiale. Doch selbst wenn es ein Palast wäre, würde ich mich hier unwohl fühlen.

Zusammen mit Kemal fahren wir mit dem Lift nach oben. »Müssten unsere Eltern nicht auch schon da sein?«, frage ich Anna. »In einer Viertelstunde soll die Trauung doch beginnen, oder?«

Anna zuckt mit den Schultern.

Wir kommen an das Zimmer der Beamtin, die uns trauen soll und klopfen an.

Sofort werden wir hereingebeten. Eine blonde Frau schaut uns so interessiert wie irritiert an.

»Wir haben heute einen Hochzeitstermin«, sagt Anna auf Schwedisch.

»Anna Svenson und Matthias Käfer?«, fragt die Beamtin.

Anna nickt. »Unten hieß es, die Hochzeit sei abgesagt?«

Die Beamtin blickt uns aus traurigen Augen an. »Das hatte man Ihnen noch nicht mitgeteilt?«

Anna und ich schütteln den Kopf.

Die Frau deutet auf Anna. »Holger und Margareta Svenson, das sind doch Ihre Eltern, oder?«

»Ja.« Anna nickt.

»Die beiden waren heute Morgen direkt nach Dienstbeginn hier und haben die Hochzeit abgesagt.«

35

»Was?«, rufen Anna und ich im Chor. Kemal wahrscheinlich nur deshalb nicht, weil er kein Schwedisch kann.

»Ihre Eltern haben das in Vertretung von Ihnen gemacht, die beiden meinten, sie beide seien unpässlich.«

»Das sind wir nicht«, sagt Anna. »Und waren es auch heute Morgen nicht.«

Die Beamtin zuckt mit den Schultern. »Es tut mir leid, aber Ihre Eltern waren sehr überzeugend.«

»Und wenn wir jetzt doch heiraten wollen?«, fragt Anna.

»Ich habe jetzt weder die Dokumente vorbereitet noch die Zeremonie«, antwortet die Beamtin. »Davon abgesehen müssten beide Trauzeugen vor Ort sein.« Sie deutet auf Kemal und da die Beamtin wahrscheinlich nicht doppelt sieht, wird er kaum ausreichen.

»Du hast doch heute früh noch mit Victoria telefoniert«, sage ich zu Anna. »Da wollte sie doch kommen, oder?«

Anna schüttelt den Kopf. »Ich habe sie nicht erreicht. Ich hab dann mit Morten telefoniert, er hatte auch noch ein paar Fragen.«

In dem Moment fühle ich mich, als würde der Boden des Finanzamtes unter mir aufgehen und ich von einer Schlange verschlungen, die ziemlich genau wie Victoria aussieht.

»Wenn die Trauzeugin noch kommt, bestünde dann die Chance für eine heutige Hochzeit?« Anna blickt die Beamtin flehend an.

»Wenn sich alles innerhalb einer halben Stunde aufklärt, dann könnte ich Ihnen kurz vor Dienstschluss gegen 17 Uhr noch einen Termin einräumen«, sagt die Beamtin, schreibt ihre private Handynummer auf einen Zettel und reicht ihn uns. »Ansonsten wird es schwierig, ich bin dann nämlich zwei Wochen in Urlaub. Aber jetzt klären Sie alles am besten erst mal mit Ihren Eltern.«

Wir bedanken uns und stürmen mit Kemal aus dem Büro und die Treppen hinunter. Weder am Empfang noch vor dem Finanzamt sehen wir Annas Eltern, meine Eltern oder Victoria.

Während wir mit schnellen Schritten zur Fischkirche laufen, in welcher der Umtrunk stattfinden soll, versucht Anna, ihre Mutter anzurufen.

Ohne Erfolg. Auch ihren Vater erreicht sie nicht und Victoria ebenso wenig.

»Was ist mit deinen Eltern?«, fragt sie.

»Haben kein Handy.« Ich zucke entschuldigend mit den Schultern.

Wir kommen an die Fischkirche, die ein Fischmarkt und kein Gotteshaus ist und fragen im Restaurant nach unserem Tisch. »Wurde storniert«, sagt der Ober desinteressiert.

»Von wem?«, fragt Anna.

»Vom Telefon«, antwortet der Ober und lässt uns stehen.

Während wir die Fischkirche verlassen, versucht Anna erneut ihre Mutter zu erreichen.

Dieses Mal gelingt es Anna. »Ihr habt unsere Hochzeit abgesagt?«, fragt Anna ansatzlos.

Ich kann die Antwort nicht hören, aber sehe Annas irritierte Reaktion. »Was soll das heißen, du hattest immer gemeint, es sei keine gute Idee, am Freitag, den 13. zu heiraten?« Anna läuft vor Zorn rot an. »Hast du etwa deshalb die Hochzeit abgesagt?«

Es folgt wieder eine Antwort, die ich nicht verstehe und Anna entgegnet darauf nur: »Okay, bis gleich.«

»Was ist?«, frage ich sie.

»Wir sollen ins Hotel kommen«, antwortet Anna. »Dort erklären sie uns alles.«

Ich fühle mich erneut, als ob der Boden sich auftut und diese Schlange namens Victoria mich verschlingt. Doch irgendwie hegt ein kleiner Teil meines Gehirns die Resthoffnung, dass sie mit alledem gar nichts zu tun hat. Schließlich hat nicht sie die Trauung abgesagt, sondern Annas Eltern.

Und jetzt noch einen Nebenkriegsschauplatz zu eröffnen, ist wahrscheinlich nicht sonderlich clever.

Wir fahren mit der Straßenbahn ins Hotel und werden erneut von den anderen Passagieren intensiv gemustert. Wegen unseres verzweifelten Gesichtsausdrucks dieses Mal jedoch eher mit mitleidigen Blicken.

Endlich erreichen wir das Foyer des Hotels. In der Couchgruppe in der hintersten Ecke sitzen Holger, Margareta und Victoria.

Mir wird augenblicklich schlecht.

36

»Anna weiß es noch gar nicht?«, ruft Victoria, kaum hat sie uns entdeckt.

»Was weiß ich noch nicht?«, fragt Anna. »Das die Hochzeit von euch abgesagt wurde?«

»Es tut mir so leid«, sagt Victoria, stürmt auf Anna zu, legt ihr den Arm um die Schulter und deutet gleichzeitig auf mich. »Er hat es dir wirklich noch nicht gesagt?«

»Was soll ich ihr sagen?«, platzt es aus mir heraus. »Das du mich gestern Abend besucht hast und verführen wolltest?«

Tja, das menschliche Gehirn ist ein Wunderding, in einem Moment macht es noch das eine und schon im nächsten weiß es, dass es ein Fehler war.

»Du verwechselst da etwas«, sagt Victoria. »Du hast versucht, *mich* zu verführen!«

»Was?«, rufe ich. Obwohl ich das alles befürchtet habe, bin ich in dem Moment von Victorias Dreistigkeit überrascht.

»Weil du schon immer mit einer Bachelorette ins Bett gehen wolltest.« Victoria grinst mich abschätzig an.

»Das war deine Fantasie!«, rufe ich. »Anna ist meine Bachelorette!«

Victoria schüttelt den Kopf. »Jedenfalls habe ich nach dem Vorfall keine andere Möglichkeit gesehen, als Annas Eltern zu informieren. Daher haben sie entschieden, die zivile Trauung abzusagen.«

»Ich hab ja gleich gesagt, Freitag, der Dreizehnte ...«, sagt Margareta.

Anna blickt mich enttäuscht an. »War Victoria wirklich bei uns?«

Ich nicke kleinlaut, wie auch immer das geht, aber ich bekomme es hin.

»Warum hast du mir nichts davon gesagt?«, fragt Anna.

»Weil wir eine Trauzeugin brauchen und ich unschuldig bin.« Ich deute auf Victoria. »Sie wollte mich verführen.«

»Und?« Anna schaut mich fragend an.

»Ich war standhaft.«

»Na ja, ich fand ihn eher wachsweich«, sagt Victoria. »Hat sich eigentlich nicht gelohnt.«

»Ihr hattet Sex miteinander?« Anna stellt sich mit verschränkten Armen vor mich.

»Nein!«, antworte ich, während Victoria nur mit den Schultern zuckt und sagt: »Matthias meinte, ihr hättet eine offene Beziehung, freie Liebe und so und hat mich förmlich angebettelt. Da wollte ich ihm den Gefallen tun.«

»Von wegen!«, rufe ich. »Du hattest die Fantasie, mal mit einem echten Bachelor zu pennen und nicht mit den aufgeblasenen Fatzkes, die im Fernsehen rumlaufen und hast mich angebettelt.«

»Und dann hattet ihr Sex miteinander«, sagt Anna und lässt uns stehen.

»Nein!«, rufe ich und will Anna hinterherlaufen, doch Holger stellt sich vor mich. »Du bleibst schön hier«, sagt er.

»Ich muss das richtigstellen!« Ich will an Holger vorbei, doch er packt mich am Kragen.

»Ich dachte, du wärst ein guter Schwiegersohn, lasse sogar für deinen Vater die Spiele dieses verkackten Provinzvereins übertragen und du hast nichts Besseres zu tun, als noch vor der Hochzeit fremdzugehen?« Seine Augen funkeln angriffslustig.

»Hinterher wäre auch nicht besser«, sagt Margareta und es scheint so, dass sie gar nicht sich damit meint.

»Ich bin nicht fremd gegangen«, antworte ich.

»Du behauptest, die berühmte Victoria Tsioanidis lügt?« Holger schaut mich empört an.

»Prominenz schützt vor Lügen nicht«, sage ich.

»Am schlimmsten finde ich ja, dass du nicht mal zu deiner Tat stehst«, sagt Victoria.

»Ich weiß zwar nicht, was deine sonstigen Qualifikationen sind, aber Lügen, das kannst du richtig professionell«, antworte ich.

Sie lächelt mich überlegen an. »Du und ich wissen genau, wie es gelaufen ist.«

Das hätte ich sagen sollen, denke ich noch, doch da ist es schon zu spät. Ich schaue zu Holger und Margareta und es ist eindeutig, wem sie glauben.

»Was ist nur mit dir los«, sagt die Mutter seufzend zu ihrer Tochter, »alle deine Freundinnen sind schon geschieden – und du bist noch nicht mal verheiratet.«
Unbekannt, aber wahrscheinlich eine leidende Tochter

37

Mein Blick sucht Kemal, in der Hoffnung, dass wenigstens er mir glaubt, doch mein Trauzeuge ist nirgends zu sehen.

Möchte er auch nichts mehr mit mir zu tun haben?

Ich wende mich wieder Holger und Margareta zu. »Warum habt ihr Anna nicht informiert, dass ihr die Trauung abgesagt habt?«

»Holger ist extra in das Hotel deiner Eltern gefahren, um ihnen Bescheid zu geben«, antwortet Margareta.

»Und an uns habt ihr nicht gedacht?«, frage ich.

Margareta zuckt mit den Schultern. »Wir dachten, ihr wisst es schon.«

»Woher denn?«

»Ich habe Anna nicht erreicht«, antwortet Victoria. »Und mit dir wollte ich nach den Vorkommnissen von gestern Abend wohl kaum reden, oder?«

Ich schnaufe laut auf. »Wenn wir gestern tatsächlich Sex hatten, wie du behauptest, warum überfällt dich dann heute Morgen plötzlich das schlechte Gewissen und du erzählst es Gott und der Welt und sorgst dafür, dass die Trauung abgesagt wird?«

»Du besitzt echt die Unverschämtheit, mich das zu fragen?« Victoria verschränkt ihre Arme wie ein trot-

167

ziges Kind. »Hast du schon vergessen, dass du mir nach dem Verkehr gesagt hast, dass die freie Liebe nur ein Vorwand war und du einfach jede flachlegst, die du bekommen kannst.«

Vor so viel Dreistigkeit bleibt mir der Mund offen stehen.

»Von deinem Junggesellenabschied gab es ja auch entsprechende Videos im Internet«, sagt Victoria. »Aber da war Anna anscheinend noch so naiv, dir zu glauben.« Sie schüttelt den Kopf. »Dabei bist du ja sogar mit zwei Ladyboys ins Bett gegangen, wie du mir erzählt hast.«

»Bist du mit Donald Trump verwandt?«, frage ich. »Oder warum ist jeder Satz von dir eine Lüge?«

»Du stammst doch aus der Pfalz wie er, oder?«

Ich stelle mich direkt vor Victoria. »Können wir mal unter vier Augen miteinander reden?«

»Du willst mich doch nur wieder begrapschen!«

»Du kannst ja die Kamera anmachen.«

»Das du auch noch Aufnahmen davon hast?« Sie blickt mich mit gespielter Hysterie an. »Die du dir dann immer reinziehen kannst?«

»Warum macht es dir Spaß, Anna und mir die Hochzeit zu zerstören?«

»Ich zerstöre sie nicht, das machst du schon selbst.«

Ich wende mich von ihr ab und gehe wieder zu Holger und Margareta. »Und was ist mit der Feier morgen? Mit den ganzen Gästen?«

»Denen abzusagen, könnt ihr bitteschön selbst übernehmen«, antwortet Holger. »Wir haben schließlich schon die beiden Geistlichen informiert.«

»Ihr habt denen für morgen abgesagt?«

»Meinst du, es findet sich ein anderes Paar, was« spontan morgen heiraten möchte?« Er schüttelt den Kopf. »Das ist schließlich nur in eurem Interesse. Sonst wäre der Schadensersatz, den ihr leisten müsst, noch viel höher.«

»Schadensersatz?«

»Wie du weißt, habe ich mich nur unter der Prämisse engagiert, dass die Hochzeit eine Success-Story wird.« Er winkt ab. »Das wurde sie nicht, also möchte ich meinen Einsatz zurück.«

»Ach, das mit den beiden Durchgeknallten vorn am Altar war eine Success-Story?«

»Man kann natürlich alles optimieren.« Er zuckt mit den Schultern. »Die Location auf der Schäreninsel konnten wir leider nicht mehr absagen«, sagt er. »Aber wenigstens das Schiff, was die Gäste hätte transportieren sollen.«

»Und jetzt kommen die morgen alle an und bleiben am Hafen stehen?«, frage ich.

Holger zuckt wieder mit den Schultern. »Ihr solltet die Gäste natürlich so schnell wie möglich informieren.«

»Seit wann bestimmt ihr eigentlich, ob Anna und ich heiraten dürfen?«, frage ich. »Entscheidend ist immer noch, ob Anna mir glaubt.«

Jetzt erhebt sich Margareta und sieht mich aus traurigen Augen an. »Uns ist das doch auch nicht leichtgefallen«, sagt sie. »Aber manchmal muss man die eigenen Kinder schützen.«

»Ihr schützt Anna nicht, ihr entmündigt sie.«

»Das hättest du dir alles früher überlegen müssen.« Margareta seufzt. »Ich würde dir ja gerne glauben, aber es gibt einfach keinen Grund, dass Victoria das alles erfinden sollte. Was hätte sie davon?«

»Rache«, antworte ich. »Neid, Missgunst, soll ich noch mehr Gründe nennen?«

»Willst ausgerechnet du mir jetzt mit Moral kommen, oder was?« Margareta schüttelt den Kopf.

Ich wende mich ihr zu. »Und du bist moralisch über jeden Zweifel erhaben? Hast zwei Sexpartner, die nichts voneinander wissen dürfen und überlässt Anna und mir, sie voreinander zu verstecken?«

»Ich bin eine freie Single-Frau.«

»Ich glaube nicht, das Mr. Yin und Mr. Yang das auch so sehen.« Ich deute auf ihren Ex-Mann. »Und er offensichtlich auch nicht.«

Holger seufzt. »Es ist besser, du gehst jetzt.«

»Das mache ich auch. Aber ich gebe nicht auf.«

Holger zuckt mit den Schultern. »In dem Fall würde ich als Erstes mit deinen Eltern reden. Wenn ich deinen Vater recht verstanden habe, wollen sie heute noch abreisen.«

Es nimmt der Augenblick, was Jahre geben.
Johann Wolfgang von Goethe, deutscher Schriftsteller

38

Ich verlasse das Hotel meiner Schwiegereltern und bin völlig paralysiert. Wir stehen morgen ohne Eltern da, ohne Trauzeugen, ohne Geistlichen, aber mit Gästen. Dafür ohne eine Möglichkeit, diese auf die Schäreninsel zu bringen.

Doch vor allem stehe ich ohne Braut da.

Ich versuche gefühlte achthundertmal Anna zu erreichen, doch sie hat ihr Handy ausgeschaltet.

Oder es ist in diesem verdammten Flugmodus.

Schließlich rufe ich Kemal an.

»Arme Matthias«, begrüßt er mich. »Ich bin Anna hinterher gelaufe, weil ich gesehe, dass du wirst zurückgehalte von diese Videovater und wollte rede mit Anna, aber sie mir nix geglaubt.«

»Warum denn nicht?«

»Ich war nix dabei in eure Wohnung, also ich nur konnte sage, dass ich Victoria halte für ganz falsche Person.« Er schluckt. »Und dich für richtige Person.«

»Lass mich raten, du hast deine Vorurteile gegen Griechinnen ins Spiel gebracht.«

»Nur kleines bisschen«, sagt Kemal kleinlaut. »Als Anna nix wollte glaube.«

Ich seufze.

»Was du willst tue jetzt? Wenn du brauche Bauch zum Ausweine, ich bin da.«

171

»Es ist die Schulter«, sage ich.

»Aber Bauch viel weicher.«

»Ich hoffe, ich komme auch ohne deinen Bauch klar«, sage ich. »Aber danke für die Hilfe.«

Ich lege auf, versuche es noch einmal bei Anna, doch ich kann sie immer noch nicht erreichen.

In der Hoffnung, sie daheim anzutreffen, fahre ich mit der Straßenbahn zurück zu unserer Wohnung.

Als ich die Haustür aufschließe, habe ich das sichere Gefühl, dass Anna nicht da ist.

Das mag männliche Intuition sein oder das Spüren ihrer Präsenz, vielleicht liegt es aber auch daran, dass Anna einen Zettel an die Tür geklebt hat, auf dem steht: *Ich übernachte auswärts, brauche eine Auszeit.*

Hastig öffne ich die Tür, stürme in jedes Zimmer und stelle niedergeschlagen fest, dass ich tatsächlich allein bin.

Nicht mal unser Hamster, George Clooney der Zweite ist da, denn wir haben ihn zu Morten ausquartiert, weil wir uns während der Hochzeit schlecht um ihn kümmern können.

Ich fühle mich allein.

So einsam wie der letzte Dodo vor dem Aussterben.

Wie die letzte Schneeflocke vor dem Frühling.

Wie das letzte Köttbullar im IKEA-Restaurant.

Ich sinke in die Couch als wäre ich eine Achtzig-Zentner-Kartoffel.

Vielleicht wäre es einfacher, wenn ich mich schuldig fühlen würde, dann könnte ich mich wenigstens über mich selbst ärgern.

Schließlich fällt mir ein, dass ich Anna sofort von Victorias Besuch hätte erzählen sollen und deswegen nicht völlig unschuldig bin.

Außerdem war ich früher nicht immer ehrlich zu Anna, weshalb sie mir nicht mehr vorbehaltlos glaubt.

Vielleicht hatte meine Mutter wirklich recht und Anna ist viel zu gut für mich.

Nachdem sich dieser Gedanke erst mal in meinem Gehirn ausgebreitet hat wie Maden im Speck, falle ich in mir zusammen, als habe jemand aus der Achtzig-Zentner-Grumbeere Kartoffelbrei gemacht.

Wenn sich Eltern über ihre Kinder beklagen,
dann frage ich sie manchmal, ob sie das auf
Vererbung oder auf Erziehung zurückführen.
Peter Hohl, deutscher Journalist und Verleger

39

Mir wird klar, dass ich wenigstens mit meinen Eltern reden muss, damit sie nicht vorzeitig abreisen, sondern noch ein paar Tage bei uns bleiben.

Wahrscheinlich ist es am besten, wenn ich persönlich mit ihnen spreche, also schleppe ich mich in ihr Hotel.

Unterwegs versuche ich erneut Anna zu erreichen, doch sie hat ihr Handy immer noch ausgeschaltet.

Als ich in das Zimmer meiner Eltern komme, ist mein Vater am Packen, während meine Mutter gerade unabkömmlich ist, also auf der Toilette.

»Tut mir leid mit der Hochzeit«, sagt mein Vater und legt mir die Hand auf die Schulter. Das hat er gefühlt dreißig Jahre nicht mehr getan.

»Noch ist nicht alles verloren«, sage ich.

»Trotzdem, manchmal ist das Leben eben ein Arschloch.«

Ich nicke.

»Bleibt doch wenigstens noch hier«, sage ich.

Zu meiner Überraschung nickt mein Vater. »Ich rede mit deiner Mutter.«

»Danke.«

»Weißt du, warum ich mich nur noch um Fußball kümmere?«, fragt er. »Es ist eine kleine Welt für sich, ich kann zuschauen, aber selbst keine Fehler machen. Egal was passiert, ich bin nie schuld.«

»Wahrscheinlich schauen Männer deswegen Fußball und Frauen den Bachelor«, sage ich.

Mein Vater nickt. »Davon abgesehen kann man toll über alle auf dem Platz lästern, ohne dass man sie je zu Gesicht bekommen würde.«

»Das ist auch wie beim Bachelor.«

»Und am Ende kann man sich damit trösten, dass alles nur ein Spiel ist.«

Ich nicke. »Das hat nur eine bestimmte Person noch nicht verstanden.«

Die Tür zum Bad öffnet sich und meine Mutter kommt heraus. »Ich hab es dir ja gleich gesagt«, begrüßt sie mich. »Ich hätte nur nicht gedacht, dass du der Grund bist, dass die Heirat nicht stattfindet.«

»Ich bin unschuldig«, antworte ich. »Diese Victoria hat sich das alles nur ausgedacht, ein Rachefeldzug.«

»Weshalb sollte sie denn einen Rachefeldzug geplant haben?«

»Sie hatte die Fantasie, mit einem echten Bachelor ins Bett zu gehen und ich habe sie abgewiesen.«

Meine Mutter lacht laut auf.

»Was ist?«, frage ich sie.

»Da überschätzt du dich maßlos.«

»Wie meinst du das?«

»Ich glaube dir sogar, dass du sie abgewiesen hast, aber das kann niemals ihr Motiv sein, sich deswegen an dir zu rächen.«

»Wieso?«, frage ich und erwarte einen der Emanzensprüche meiner Mutter. Zum Beispiel, dass es Männer nicht wert sind, für sie Rache zu nehmen, oder ich zumindest nicht.

»Wir sind uns einig, dass Victorias Hass ziemlich groß sein muss, wenn sie verhindern will, dass ihr heiratet, richtig?« Meine Mutter schaut mich fragend an.

Ich nicke.

»Nichts können Frauen so sehr hassen wie andere Frauen.«

Ich verstehe zwar nicht, was sie mir damit sagen will, aber überraschenderweise nickt mein Vater. »Das ist wie bei Fußballfans. Nichts hasst ein Fan von Schalke so sehr wie einen Dortmunder und umgekehrt.«

Meine Mutter seufzt. »Was ich sagen wollte, Matthias, ist Folgendes: Du musst dir nicht die Frage stellen, warum Victoria erzählt, du hättest sie verführt, sondern warum sie dich überhaupt verführen wollte.«

Nicht die Tatsachen beunruhigen die Menschen,
sondern ihre Meinungen über die Tatsachen.
Griechisches Sprichwort

40

Auf dem Rückweg vom Hotel meiner Eltern rufe ich Annas Vater an. Mit purer Penetranz zwinge ich ihn, mir zu verraten, in welchem Hotel Victoria untergebracht ist.

Am Ende überzeugt ihn mein Argument, dass ich eine Möglichkeit sehe, die Schadenshöhe durch die Absage der Hochzeit zu reduzieren.

Obwohl es dafür im Grunde zu warm ist, ziehe ich meinen Mantel mit den extra großen Knopflöchern an.

Da man mir im Hotel kaum sagen wird, in welchem Zimmer Victoria übernachtet – schließlich ist sie prominent – gebe ich einen Umschlag für sie ab, in welchen ich Altpapier gepackt habe, darunter auch einen schönen Verriss ihrer Bachelor-Staffel.

Die Dame hinter der Rezeption steckt den Umschlag in eines der Schlüsselfächer, auf dem ich die Zimmernummer 237 erkenne.

Ich trinke ein Alibi-Wasser in der Hotelbar und gehe dann in einem unbeobachteten Moment in Richtung der Zimmer.

Vor Zimmer 237 klopfe ich an die Tür. »Zimmerservice«, rufe ich. »Ein kleines Präsent von einem ihrer zahllosen Verehrer.«

Die Zimmertür öffnet sich so schnell, als hätte Victoria nur darauf gewartet.

»Du?« Sie blickt mich überrascht an.

»Darf ich reinkommen?« Ich erkenne hinter ihr eine Art Mini-Suite mit einer kleinen Couch, einem Bett und Mini-Kochnische. »Ich habe ein Angebot für dich.«

»Bereust du etwa deine Entscheidung?«

Ich schüttle den Kopf. »Ich trenne Privates und Geschäftliches für gewöhnlich.« Ich räuspere mich großspurig. »Es geht um einen gutbezahlten Job mit viel Prestige.«

Victoria schaut mich skeptisch an.

»Wie wir beide wissen, bist du eine ziemlich überzeugende Schauspielerin«, sage ich. »Hast du mal über eine Karriere in dem Bereich nachgedacht?«

Victoria schaut mich immer noch skeptisch an.

»Ich bin ja Marketingleiter eines großen internationalen Konzerns«, sage ich. »Und wir suchen noch das Gesicht unserer neuen Kampagne.«

Zwar erkenne ich immer noch Skepsis in Victorias Augen, aber auch etwas, das ich am ehesten mit dem Begriff *Gier* umschreiben würde.

»Als ich dich das erste Mal gesehen hab, dachte ich sofort, das wäre die ideale Rolle für dich.« Ich seufze und zucke mit den Schultern. »Blöd nur, dass wir nach dem Vorfall gestern nicht unbedingt das beste Verhältnis haben.«

»Komm doch erst mal rein«, sagt Victoria und bietet mir einen Platz auf der Couch ihrer Mini-Suite an. »Um was geht es denn bei der Kampagne?«

»Lifestyle-Produkte«, sage ich mit so viel Understatement, dass ich beinah selbst beeindruckt bin. Doch im Grunde sind ja selbst weiße Socken in Sandalen ein Lifestyle-Produkt, denn sie sagen etwas über den Lebensstil des Besitzers aus.

Aber in Englisch klingt das halt viel besser, auch wenn es nur eine leere Worthülse ist.

Doch weil genau solche Personen wie Victoria auf genau solche Worthülsen stehen, schaut sie mich mit noch mehr Gier an.

»Das wäre dein Durchbruch auch außerhalb von Schweden«, sage ich. »Aber leider steht da noch diese unschöne Sache zwischen uns ...« Ich verziehe mein Gesicht zu einem gespielten Bedauern.

»Woher weiß ich, dass du das nicht alles erfunden hast?«, fragt Victoria.

»Gucci Homestyle sagt dir etwas, oder?« Ich warte ihre Antwort gar nicht erst ab. »Die neue Lifestyle-Marke für das luxuriös gestylte Heim.«

Obwohl ich es dummerweise nicht geschafft habe, viermal Style in einem Satz unterzubringen, sehe ich, dass die Gier die Kontrolle über Victoria übernommen hat.

Das ist in etwa so, wie wenn bei Männern nach dem Anblick einer freizügig gekleideten Frau das Blut in tiefere Regionen umgeschichtet wird.

»Ich vermute, du wusstest von meinem Engagement und wolltest mich deswegen gestern verführen?«, frage ich und tue gespielt ahnungslos.

Victoria schaut mich irritiert an.

»Ach, du wusstest das gar nicht«, sage ich schnell.

Victoria nickt. »Ich fand dich einfach unglaublich attraktiv.«

Das ist so schlecht gelogen, dass es mich wundert, dass ihre Nase nicht wächst.

Ich winke beiläufig ab. »Bevor es zu einer Zusammenarbeit kommt, muss ich wissen, was du gegen Anna hast.«

»Ich?«

»Wenn es nicht wegen mir war, ist Rache die einzig verständliche Erklärung für den Vorfall gestern.«

Victoria beißt sich auf die Lippe.

»Ich muss das wissen, damit Anna nicht querschießt, wenn wir einen Deal machen.« Ich lächle Victoria zuversichtlich an. »Wenn ich die Hintergründe kenne, kann ich ihr das sicher schonend beibringen.«

»Na gut«, sagt Victoria. »Ich war neidisch auf Anna, dass sie so einen tollen Typen wie dich abbekommen hat.«

Ich mag zwar naiv sein, aber so naiv bin ich dann doch nicht, das zu glauben. »Da steckt doch noch mehr dahinter, oder? Eine alte Wunde?« Ich schaue Victoria gespielt mitfühlend an. »Jetzt sag schon, was hat Anna dir angetan?«

41

Eine Stunde später verlasse ich Victorias Mini-Suite und wähle Mortens Telefonnummer. Wenn jemand weiß, wo Anna steckt, dann er. Schließlich ist er ihr bester Freund und leidet an einem Helfersyndrom.

Außerdem ist er auch mein Freund und wird mich daher nicht einfach abweisen.

Allerdings tutet es jetzt schon eine halbe Minute lang und dann fällt mir ein, dass Telefonnummern heutzutage beim Anruf angezeigt werden. Anna hat ihm bestimmt verboten, einen Anruf von mir anzunehmen.

Kurzerhand lege ich auf und gehe bei ihm vorbei. Schließlich kann er nicht unterwegs sein, um die Welt zu retten, wenn er auf unseren Hamster aufpassen muss.

Ich klingle und sehe, wie jemand durch den Türspion schaut. Kurz darauf öffnet sich die Tür.

Zu meiner Überraschung steht Anna vor mir. »Schau mal, da ist George Clooney!«, sagt sie und deutet nach rechts.

Ich schaue nach rechts, doch ich sehe nur ein Stoppschild. »Wo denn?«, frage ich noch, da hat sich Anna schon an mir vorbei gezwängt und läuft davon. »Lass mich in Ruhe!«, ruft sie.

Dieses Mal laufe ich ihr hinterher. »Anna! Ich kann alles erklären!«

Anders als in diesen Hollywoodfilmen rennt Anna nicht halbherzig davon und schaut sich alle dreißig Sekunden um, sondern sie gibt richtig Gas. Ich muss gefühlt so schnell rennen wie Carl Lewis – und das ohne Doping –, um zu Anna aufzuschließen. »Bitte hör mich doch an!«, rufe ich, nun schon etwas atemloser.

»Mir ist egal, wer wen verführt hat«, antwortet sie.

Ich hole auf, habe Anna fast erreicht. »Victoria hat mich erpresst«, keuche ich. »Sie meinte, wenn wir Sex miteinander haben, schweigt sie wie ein Grab.« Ich schnaufe heftig. »Weise ich sie aber ab, dann erzählt sie allen, wir hätten welchen gehabt.«

Anna läuft nun noch schneller. »Und dann bist du den Weg des geringsten Widerstands gegangen?«

»Victoria hat doch nicht geschwiegen, oder?«

Anna läuft noch ein paar Meter, dann hält sie inne und bleibt stehen. »Es lief nichts zwischen euch beiden?«

Ich keuche erst mal eine Weile. »Genau«, sage ich schließlich. »Ich mag ein Tollpatsch sein und wegen mir manchmal naiv, aber ich war dir immer treu.«

»Nehmen wir mal an, ich glaube dir.« Anna wirft mir einen skeptischen Blick zu. »Warum sollte Victoria dich erpressen? Sie kannte dich doch bis gestern gar nicht.«

»Die Frage habe ich mir vorhin auch gestellt«, antworte ich. »Dann wurde mir klar, es ging um Rache. Aber nicht an mir, sondern an dir.«

»An mir? Victoria und ich waren doch immer die besten Freundinnen.«

»Das hat sie wohl anders gesehen.« Ich hole die Go-Pro aus meiner Tasche, die ich vorhin im Knopfloch meines Mantels deponiert hatte. »Sollen wir uns das auf einem Computer anschauen?«

»Ist dir nichts Besseres eingefallen, als wieder einen Film zu machen?«

»Victoria weiß, dass nur sie und ich die Wahrheit kennen, also muss sie mich über das, was gestern Nacht passiert ist, nicht anlügen.«

»Warum lügt sie überhaupt?«

»Das siehst du im Video.«

Anna beißt sich auf die Lippe, ich sehe, wie sie mit sich kämpft, schließlich seufzt sie. »Wenn ich dich nicht so sehr lieben würde, dann würde ich nicht so überreagieren.«

»Und wenn ich dich nicht so sehr lieben würde, dann würde ich nicht halbfremden Frauen hinterhersteigen, um heimlich ein Geständnis aufzunehmen.«

Ein kleines Lächeln blitzt in Annas Gesicht auf. »Also gehen wir nach Hause. Ich hoffe, Mr. Yin und Mr. Yang sind nicht da.«

42

Die Betten und Schränke unserer Wohnung stehen tatsächlich alle leer und Anna und ich sind allein.

Ich nehme die Smartcard aus der GoPro und stecke sie in meinen Computer. Den Anfang, wie ich Victoria überhaupt dazu bringe, mir zuzuhören, will ich erst überspringen, doch dann denke ich, dass Anna ruhig alles hören sollte.

»Internationaler Konzern?«, fragt sie mich.

»Wenn Kemal nicht international ist, wer dann?«

Schließlich kommen wir an die Stelle, an der Victoria erneut so tut, als stünde sie auf mich, weil sie denkt, ich sei einflussreich.

»Warum wollen alle Frauen immer mit dir ins Bett?«, fragt Anna. »Wie soll das erst werden, wenn du verheiratet bist?«

»Es ging nie um mich, es ging immer um dich.«

»Wieso das denn?«

»Schau einfach weiter.«

Wir kommen zu der Stelle der Aufzeichnung, an der ich Victoria frage, was Anna ihr angetan habe.

»Bis zum Abitur waren wir ein Herz und eine Seele«, antwortet Victoria. »Ich stand damals auf Carl, einen süßen Bodybuilder, ich sag dir, der hatte einen Body, da könntest du zwanzig Jahre ins Sportstudio gehen und würdest nicht annähernd rankommen.«

Ich ignoriere die versteckte Beleidigung und lächle. »Was war mit Carl?«

»Ich war total verliebt in ihn, hab es aber niemandem gesagt. Nach dem Abitur begann Anna zu studieren und fühlte sich auf einmal ganz erwachsen und begann mit freier Liebe zu experimentieren.«

Ich beobachte, wie Anna rot wird, während sie das Video anschaut.

»Und bei einer Party ist es dann passiert«, sagt Victoria. »Es wurde viel getrunken und sie ist mit Carl in der Kiste gelandet.«

»Und dann?«, frage ich.

»Dann habe ich Carl verführt, doch obwohl er es absolut toll mit mir fand, wollte er keine Beziehung, sondern nur noch freie Liebe.« Victoria schnaubt. »Das habe ich alles Anna zu verdanken! Ich habe ewig darauf gewartet, mich an ihr rächen zu können und jetzt ist es endlich soweit. Sie hat mein Glück zerstört und jetzt zerstöre ich ihres.« Victoria blickt mich triumphierend an. »Du kannst dir gar nicht vorstellen, wie mich das getroffen hat, als Holger mir das Angebot gemacht hat, ihre Trauzeugin zu sein.« Sie verdrückt eine Träne. »Ich war erst total deprimiert, fand das erniedrigend, doch dann hab ich erkannt, dass es die große Chance ist, mich an ihr zu rächen.«

»Was?«, ruft Anna überrascht aus und ich stoppe das Video. »Ich wusste nicht, dass sie damals auf Carl stand.« Anna beißt sich auf die Lippe. »Das ging damals mit uns auch eher von ihm aus, war halt eine wilde Zeit.«

»Und du vermisst diese Zeit?«

»Nicht die Bohne. Ich habe mich nie wieder so zerrissen gefühlt wie damals. Für manche mag das mit der freien Liebe funktionieren, für mich definitiv nicht.« Sie zuckt entschuldigend mit den Schultern. »Aber um das zu wissen, muss man es eben erst ausprobieren.«

Ich starte die Wiedergabe des Videos. »Weil du dich an Anna rächen wolltest, hast du also so getan, als seien wir zusammen im Bett gewesen?«, frage ich Victoria.

»Genau so war es«, antwortet sie. »Und wenn du willst, können wir das gerne nachholen.«

»Kein Bedarf«, antworte ich. »Denn ich steh nicht auf freie Liebe.«

Im nächsten Moment gibt mir Anna einen Kuss. »Entschuldigung. Ich werde nie wieder an deiner Treue zweifeln, okay?«

»Ja, aber bitte nur solange, wie ich dir wirklich treu bin.« Ich lächle Anna an. »Und was machen wir jetzt?«

Sie schaut mich entschlossen an. »Na was wohl, wir heiraten.«

43

Wir senden Annas Eltern das Video und informieren Sie, dass die Hochzeit morgen stattfindet. Meine Eltern hingegen rufe ich in ihrem Hotelzimmer an und erkläre ihnen alles.

Zu meiner Überraschung freuen sie sich tatsächlich, wenngleich mir die Skepsis in der Stimme meiner Mutter nicht verborgen bleibt.

Dann ruft Anna Victoria an und informiert sie, dass sie die längste Zeit Trauzeugin gewesen ist.

Victoria schwört sofort, sich zu rächen, doch bevor sie die Details dazu ausmalen kann, hat Anna schon aufgelegt.

Danach fällt uns auf, dass uns jetzt nicht nur eine Trauzeugin fehlt, sondern auch die Geistlichen.

Vom Transport der Gäste auf die Insel ganz zu schweigen.

Anna ruft ihre Eltern an, die es tatsächlich schaffen, sich nicht dafür zu entschuldigen, dass sie leichtfertig die Hochzeit abgesagt haben.

Immerhin versprechen sie, mit den beiden Geistlichen zu reden und auch mit der Gesellschaft, bei der sie das Schiff gechartert haben.

Gerade als Anna und ich uns für fünf Sekunden erleichtert zurücklehnen wollen, klingelt es an der Tür.

Ich öffne und vor mir steht Mr. Yin. »Ich freue mich, zu sein in schönes Land hier«, sagt er. »Ich gleich habe Date in Bed & Breakfast.« Er deutet auf unser Gästezimmer.

Weil das heißt, dass Annas Mutter gleich vorbeikommt, mit der wir noch einige Details zur Hochzeit klären wollen, lassen wir Mr. Yin in das Zimmer.

Während Anna sich überlegt, wer noch als Trauzeugin infrage kommen könnte, rufe ich Kemal an und informiere ihn, dass die Hochzeit morgen doch stattfindet.

Wenigstens Kemal klingt so, als habe er nie daran gezweifelt.

Schließlich ruft Anna noch beim *Skatteverket*, dem Finanz- und Standesamt an. Dort ist niemand mehr zu erreichen, klar es ist ja auch schon nach achtzehn Uhr.

Also wählt Anna die private Handynummer, die sie von der Beamtin erhalten hat. »Wir können heiraten«, sagt Anna. »Es ist alles geklärt.«

Die Beamtin antwortet etwas und Annas Lächeln verschwindet augenblicklich. »Sie ist schon am Flughafen, geht für zwei Wochen in Urlaub«, flüstert Anna mir zu.

»Ja, ich verstehe«, sagt Anna schließlich ins Telefon und legt auf. In ihren Augen sehe ich Verzweiflung. »Ihre Kolleginnen bestehen auf dem normalen Dienstweg. Nach ihrem Urlaub, da kann sie etwas für uns machen, aber jetzt leider nicht mehr. Sie fliegt in einer halben Stunde.«

»In zwei Wochen sind unsere Eltern und die Trauzeugen aber schon abgereist«, sage ich.

»Dann kommen sie eben noch mal«, antwortet Anna. »Die wichtige Feier ist ohnehin morgen, oder?«

Ich nicke, aber das ändert nichts daran, dass ich mir das alles ganz anders vorgestellt habe.

Und Anna auch.

Gerade als wir überlegen, was wir als Nächstes tun können, klingelt es erneut an der Tür. »Wahrscheinlich meine Mutter.« Anna steht auf, um die Tür zu öffnen.

Mr. Yang zwängt sich kommentarlos an Anna vorbei und stürmt zielstrebig in Richtung Gästezimmer.

»Nein, nicht!«, rufe ich noch, laufe ihm hinterher, doch es ist zu spät.

Mr. Yang hat die Tür schon geöffnet.

44

Durch die offene Tür sehe ich, das Mr. Yin sich ganz zugedeckt hat, nicht mal seine schwarzen Haare schauen unter der Bettdecke heraus.

Offensichtlich schläft er, jedenfalls bewegt er sich nicht. Seine Kleider liegen auf einem Stuhl, was Mr. Yang aber offensichtlich nicht bemerkt, denn er schleicht auf Zehenspitzen in das Zimmer und beginnt, sich selbst auszuziehen.

Leise ziehe ich die Tür zu und schließe ab.

Die beiden sollen ihre Probleme schön selbst ausdiskutieren, bevor sie uns damit belästigen.

»Das gibt's doch nicht!«, ruft Anna aus der Küche.

Ich laufe zur ihr. »Was ist?«

»Godson will die Trauung nicht mehr durchführen, weil er meint, wir seien alle des Teufels.«

»Zwei Pfarrer waren ohnehin einer zu viel«, antworte ich.

»Ja, aber Brahmanson will die Trauung auch nicht mehr durchführen, weil er meint, wir wären zu prüde. Und wir hätten ein mieses Karma.«

Ich schlucke. »Und wer soll uns jetzt morgen trauen?«

»Mein Vater meint, weil das ja ohnehin keine zivile Trauung ist, könnten wir auch einen Sprachroboter vorn hinstellen und der führt uns durch die Trauung.«

»Na, das ist ja sehr romantisch.« Ich seufze. »Und was machen wir jetzt?«

»Meine Mutter klappert gerade die Kirchen ab und sucht nach einem Ersatzpfarrer«, sagt Anna. »Dafür hat sie sogar ihre beiden Dates sausen lassen.« Sie deutet auf das Gästezimmer.

»Da drinnen ist es verdächtig ruhig«, antworte ich.

Anna zuckt mit den Schultern. »Sind vielleicht beide eingeschlafen, wegen dem Jetlag.«

»Und was ist mit dem Schiff für die Gäste?«

»Mein Vater meint, er habe niemanden bei der Schiffsgesellschaft erreicht. Die Insel wäre auch nur achthundert Meter vom Festland entfernt. Die Gäste könnten also schwimmen.«

»Das meint er nicht ernst, oder?«

»Seit das mit seiner Success-Story nichts wurde, ist er irgendwie in einer sehr destruktiven Stimmung.« Sie seufzt. »Ich glaube von ihm können wir keine Hilfe mehr erwarten.«

»Und jetzt?«, frage ich.

»Er hat alles an meine Mutter delegiert. Mein Vater fühlt sich anscheinend überfordert.«

Ich reibe mir die Stirn. »Ich sehe nur eine Möglichkeit. Wir packen alles für die Hochzeit, versuchen unser Glück bei der Schiffsgesellschaft und fahren dann zu der Schäreninsel. Was meinst du?«

Anna nickt. »Könnte meine Idee sein.«

Kurz darauf verlassen wir die Wohnung und Mr. Yin und Mr. Yang sind so still, dass wir sie glatt vergessen.

Man erkennt die Intelligenz
eines Menschen an seinen Fragen.
***David Tatuljan, Finanzberater,
der sich vielleicht fragen sollte,
warum er ausgerechnet diesen Beruf ausübt***

45

Eine halbe Stunde später stehen wir mit unserem Carsharing-Wagen vor dem verschlossenen Büro der Fährgesellschaft, bei der Annas Vater den Transport auf die Schären organisiert hatte. Mein Schwedisch ist immer noch nicht überragend, aber den Papierzettel, der auf der Tür klebt, kann selbst ich übersetzen. *Betriebsferien bis 01. September.*

In diesem namenlosen Industriegebiet befinden sich auch keine anderen Fährgesellschaften, die man mal eben ansprechen könnte.

»Und was machen wir jetzt?«, frage ich Anna. Gefühlt habe ich das heute schon mehrfach gefragt, aber wenigstens hat Anna bisher immer eine Antwort gewusst.

»Wir fahren nach Smörrebröd-Älkstek«, sagt sie.

Jedenfalls klingt es in meinen Ohren so. »Wohin?«

»Na, der Ort von dem aus wir auf die Schäreninsel übersetzen«, antwortet sie. »Wenn wir Glück haben, können wir dort ein Schiff chartern.«

Da sich das Wörtchen *Glück* bisher von unserer Hochzeit recht fern gehalten hat, bin ich skeptisch, aber wir fahren trotzdem in den Ort mit dem für mich unaussprechlichen Namen.

Es wird schon dunkel, als wir an dem kleinen Fischerdorf ankommen, das so ähnlich heißt wie Smörrebröd-Älkstek.

Laut Annas Vater kann man von dort aus zu der Schäreninsel übersetzen, auf der unsere Hochzeitsfeier stattfinden soll. Der Ort ist so klein, dass er aus nicht viel mehr als einer Hafenkneipe, ein paar Hütten und einer Fischhalle besteht. Wie es sich in Schweden für einen perfekten Sommerabend gehört, liegt die gefühlte Temperatur knapp über dem Gefrierpunkt.

Während ich friere wie ein Papagei in der Arktis, krempelt Anna sich die Ärmel hoch. Größere Schiffe oder gar Passagierbote sind hier weit und breit nicht zu sehen. »Bist du sicher, dass wir hier richtig sind?«, frage ich Anna.

Sie deutet auf das Meer. »Laut meiner Mutter findet die Feier auf der Insel da vorne statt.« In knapp einem Kilometer Entfernung sehe ich eine ziemlich flache Insel mit ein paar Felsen. Und sonst nichts. »Müsste da nicht ein Restaurant sein, oder eine Kirche, oder wenigstens irgendein Gebäude?«, frage ich Anna.

»Ich glaube nicht, dass man das von hier aus erkennen kann.«

Ich nehme mein Smartphone, gehe auf Google Earth und navigiere mich zu der Insel vor uns. »Die ist kahl wie der Kopf von diesem Thomas Kowa, den jetzt alle lesen, der aber überhaupt nicht lustig ist.«

Anna blickt mich fragend an.

»Na, da stehen keine Gebäude, nix, nur Felsen und Gras, vielleicht ein paar Büsche und Bäume.«

Anna seufzt. »Ich rufe meine Mutter an.« Sie nimmt ihr Handy, doch steckt es nach kurzer Zeit wieder weg. »Ist ausgeschaltet. Vielleicht redet sie grad mit einem der Pfarrer.«

»Und was machen wir jetzt?«

Sie holt erneut ihr Handy heraus. »Ich schreibe meiner Mutter eine SMS, sage ihr wo wir sind und frage, ob das wirklich der richtige Ort ist.«

»Und was machen wir danach?«, frage ich.

Anna tippt die SMS und zuckt anschließend ratlos mit den Schultern.

46

Ich blicke in den Abendhimmel und seufze. »Wir haben keinen Pfarrer, keine Standesbeamtin, keine Trauzeugin, kein Schiff, keinen Veranstaltungsort, so wie es aussieht auch kein Essen für die Feier und wir heiraten morgen«, sage ich. »Gibt es überhaupt etwas, das wir haben?«

»Die Ringe«, sagt Anna. »Die hast du doch eingepackt, oder?«

Panisch fasse ich in meine Jacke und taste nach dem kleinen Juwelierschächtelchen, das ich vor gut einer Woche bekommen habe.

»Wo, verdammt ...?«, will ich fragen, da lächelt Anna mich an.

»Ich habe sie eingepackt«, sagt sie. »Aber das war es auch schon mit guten Nachrichten. Denn wir haben nicht mal eine Unterkunft für die Nacht und Hunger habe ich auch.«

»Unsere Hochzeit ist so phänomenal organisiert, das hätten wir selbst auch hinbekommen.« Ich reibe mir die Stirn.

»Das nächste Mal machen wir das ganz bestimmt selbst.«

Erst will ich nicken, doch dann stoppe ich mittendrin. »Was meinst du mit *das nächste Mal*?«

»Wenn es morgen nicht klappt mit der Hochzeit, dann holen wir das doch nach, oder?«

»Klar«, sage ich. »Aber im Grunde bin ich zuversichtlich.«

»Echt?«, fragt Anna. »Wo wir nichts haben außer den Ringen?«

»Das Wichtigste hast du vergessen«, sage ich. »Wir haben uns. Das sah heute Mittag noch anders aus. Und nachdem alles andere schiefgegangen ist, kann ja im Grunde nix mehr passieren, oder?«

Anna gibt mir einen Kuss und deutet schließlich in Richtung Hafenkneipe. »Dann schauen wir mal, was uns da drinnen erwartet.«

Wir gehen ein paar Meter, ich öffne die schwere Holztür der Kneipe und blicke in einen Gastraum, in dem ein einziger, alter Mann sitzt.

Genaugenommen liegt er eher, jedenfalls hat der alte Mann den Kopf in den Händen vergraben und ihn auf dem Tisch abgelegt. Vor ihm stehen ein halbvolles Bier und ein leerer Kurzer.

Anna und ich gehen leise an ihm vorbei zur Bar. »Ist da jemand?«, flüstere ich in Richtung Küche und schon kommt eine ältere Frau an die Bar getorkelt, die selbst nicht mehr ganz nüchtern scheint. »Was gibt's?«, fragt sie auf Schwedisch und schickt drei Hickser hinterher.

»Gibt es hier irgendwo eine Unterkunft?«, fragt Anna.

»Sie können entweder hier auf dem Tisch übernachten, so wie der junge Mann da.« Die Frau deutet auf den schlafenden Alten. »Oder Sie buchen ein Doppelzimmer. Hab zufällig noch genau eins frei.«

»Und Essen haben Sie auch?«, fragt Anna.

»Köttbullar«, antwortet die Frau. »Besser als im IKEA.«

Angesichts der Umstände habe ich daran zwar leise Zweifel, aber wenn der Teufel in der Not Fliegen isst, dann können wir das auch mit mittelmäßigen Fleischbällchen.

»Was gibt es zu den Köttbullar dazu?«, fragt Anna.

»Köttbullar«, antwortet die Frau. »Gemüse oder so ein Zeugs wollen die Leute hier nicht. Es sei denn, sie haben Skorbut.«

»Dann hätten wir das gerne zweimal«, sagt Anna.

»Also die Köttbullar mit Köttbullar«, ergänze ich. »Nicht den Skorbut.«

Die Frau lächelt milde, anscheinend machen ihre Gäste bessere Witze als ich.

Ich bestelle zusätzlich zwei Bier, denn die haben wir uns redlich verdient.

Die Frau zapft irritierenderweise vier Bier, stellt uns zwei hin, sich selbst eines und dem alten Mann ebenso, obwohl der immer noch schläft.

Wir haben das Bier kaum zur Hälfte ausgetrunken, da öffnet sich die Tür zur Kneipe und Annas Mutter stapft herein. »Dachte ich mir doch, dass ihr hier seid.« Sie deutet auf ihr Handy. »Gibt ja sonst nichts in dem Kaff.« Sie setzt sich zu uns. »Ich habe eine gute und eine schlechte Nachricht. Welche wollt ihr zuerst hören?«

»Die gute«, antworten Anna und ich.

»Ich habe einen Pfarrer gefunden, der morgen Zeit hätte.«

»Super«, sage ich. »Und was ist die schlechte Nachricht?«

Margareta zuckt mit den Schultern. »Er verlangt ein vierstündiges Vorbereitungsgespräch mindestens zwei Wochen vor der Hochzeit.«

»Was war jetzt noch mal die gute Nachricht?«, fragt Anna.

»Na, wenn ihr ihn morgen trefft, könnt ihr in zwei Wochen heiraten!«

»Und mit unseren Gästen spielen wir morgen Mau-Mau oder was?« Anna seufzt. »Davon abgesehen gibt es hier weder ein Fährunternehmen, noch sieht die Insel irgendwie bewohnt aus.«

»Ihr wolltet doch in der Natur heiraten, oder?«

»Wir wollten überhaupt irgendwie heiraten«, antwortet Anna. »Den Rest haben wir euch überlassen.« Ich höre es zwar nicht, aber ich könnte schwören, Anna hat sich bei dem Satz ein *dummerweise* mittendrin gedacht.

Die Wirtin bringt zwei Portionen Köttbullar mit Köttbullar, die so lecker riechen, dass mir das Wasser im Mund zusammenläuft.

Kaum steht der Teller vor mir, zieht ihn Margareta zu sich. »Eigentlich bin ich ja Vegetarierin«, sagt sie. »Aber die Köttbullar hier sind echt lecker.«

Bevor ich etwas sagen kann, schreckt der alte Mann plötzlich hoch, trinkt das halbvolle Bier aus, rülpst, setzt das frisch hingestellte an, trinkt es auch zur Hälfte aus und schläft wieder ein.

»Nehmen wir mal an, wir hätten einen Pfarrer«, sagt Anna. »Wie hätten wir dann morgen hier heiraten sollen?« Sie nickt in Richtung Insel. »Die scheint total unbewohnt.«

»Glaubst du, jemand baut auf einer kleinen Schäreninsel eine Multifunktionshalle, nur damit ihr heiraten könnt?«, fragt Margareta. »Morgen früh stellen die Fischer ein großes Zelt auf der Insel auf und die Gäste übernachten alle in kuscheligen Zweierzelten.«

»Und die werden auch aufgestellt?«, frage ich.

»Klar, von den Gästen«, antwortet Margareta. »Ist sogar eine Anleitung dabei. Von IKEA, ist also kinderleicht.«

Ich widerspreche nur deswegen nicht, weil ich mit meinen zehn linken Daumen keine Referenz für andere bin. Gerüchten zufolge bin ich jedoch nicht der Einzige, der ein Problem beim Zusammenbau von Möbeln hat.

Wenngleich das ein echter Mann erst nach acht Bier zugeben würde.

»Und wie läuft das mit dem Essen?«, frage ich.

»Es legt ein Catering-Schiff an der Insel an«, antwortet Margareta. »Die kochen alles auf dem Schiff und bringen es dann in das Zelt.«

»Und wie bringen wir die Gäste auf die Insel?«

Margareta zuckt mit den Schultern und spielt mit dem unvermeidlichen Energiestein, der um ihren Hals hängt. »Ich hab euch gleich gesagt, Freitag, der Dreizehnte bringt Pech.«

Anna ruft die Bedienung, doch bevor ich noch eine Portion Köttbullar mit Köttbullar für mich bestellen kann, fragt Anna schon: »Gibt es hier ein Schiff, das uns auf eine der Inseln bringen kann?«

»Früher war hier die Hölle los«, antwortet sie. »Aber jetzt ankert nur noch ein Schiff hier im Hafen.«

»Und wem gehört es?«, fragt Anna.

Die Bedienung deutet auf den schlafenden alten Mann. »Das da ist Olsen, der Eigentümer und Kapitän.«

Ein guter Kapitän wird man nicht
in ruhigen Gewässern.
Griechisches Sprichwort

47

Ich überrede die Bedienung, das Bier des alten Mannes mit Apfelsaft auszutauschen, was mich all meine Schwedisch-Kenntnisse und einige Kronen kostet.

»Was nutzt euch das Boot, wenn ihr doch nicht heiraten könnt?«, fragt Margareta.

»Sollen unsere Gäste etwa hier bleiben?«, entgegnet Anna. »In Smörrebröd-Älkstek? Da feiern wir lieber mit ihnen vor und holen die Hochzeit nach.«

»Ich habe eine Idee«, sage ich so plötzlich, dass ich selbst überrascht bin.

Anna wendet sich mir interessiert zu, Margareta hingegen nicht. »Wir haben doch über zweihundert Leute eingeladen«, sage ich. »Ist da nicht ein Pfarrer dabei, oder eine Pfarrerin?«

Margareta schüttelt den Kopf. »Von unserer Familienseite gibt es da niemanden.«

»Und bei deinen Freunden, Anna?«, frage ich.

Auch sie schüttelt den Kopf. »Sind fast alles Atheisten. Ich konnte ja nicht wissen, dass wir mal einen Pfarrer brauchen könnten.«

»Mist«, sage ich. »Bei mir auch. Außer Video-Paule hat statt zum Bäcker zum Pfarrer umgeschult. Aber das ist eher unwahrscheinlich.« Ich muss an all die Horrorfilme denken, die mir Video-Paule empfohlen hat, obwohl ich auf Komödien stehe. »Gilt in Schweden eine Trauung der satanistischen Kirche?«, frage ich schließlich.

Anna und Margareta schütteln synchron den Kopf.

Im nächsten Moment schreckt der Alte wieder hoch, nimmt das vermeintliche Bier, trinkt es aus und spuckt den Inhalt quer über den Tisch. »Was ist denn das für eine Affenpisse?«, ruft er auf Schwedisch.

»Hallo«, begrüßt ihn Anna und schenkt ihm ihr schönstes Lächeln. »Wir hätten einen Job für Sie.« Natürlich redet sie in Schwedisch mit ihm, schließlich kann hier nicht jeder Deutsch.

»Ein Bier und ein Kurzer wären mir lieber.«

»Die müssen Sie ja auch irgendwie bezahlen, oder?«

»Ich kann hier anschreiben.« Der Mann deutet auf die Bedienung.

»Wir würden für die nächsten beiden Tage gerne Ihr Schiff mieten«, sagt Anna.

»Und wer soll das fahren?« Der Alte schüttelt den Kopf. »Ich hab mir vorgenommen, das ganze Wochenende durchzusaufen. Und was ich mir vornehme, das setze ich auch um.« Er hebt seine Stimme. »Hilda, noch zwei Bier und zwei Kurze, damit ich den Rückstand aufhol.«

»Sie können doch nächste Woche saufen bis zum Umfallen«, sag ich, was, wie ich schnell anhand der Gesichtsausdrücke merke, niemand am Tisch einen gelungenen Beitrag findet.

»Ich sauf, wann ich will«, antwortet der Mann. »Das ist die einzige Freiheit, die ich noch hab. Hilda! Wo bleiben das Bier und die Kurzen?«

»Herr Olsen, was verlangen Sie denn normalerweise für ein Tag Schiffsmiete?«, fragt Anna unbeirrt.

»Zehntausend Kronen«, antwortet der Mann.

Das sind circa tausend Euro, rechne ich schnell um, was mir natürlich nur gelingt, weil der Kurs in etwa eins zu zehn ist.

»Wir zahlen Ihnen das doppelte«, sagt Anna. »Plus das, was Sie hier angeschrieben haben.«

Olsen mustert Anna mit einer Mischung aus Interesse und Misstrauen an.

»Aber Sie müssen die nächsten beiden Tage nüchtern sein«, sagt Anna.

Der alte Mann deutet auf seine Armbanduhr. »Dann bleiben mir noch fünfundfünfzig Minuten zum Saufen.« Er schaut Anna ernst an. »Danach tragt ihr mich hoch ins Zimmer und weckt mich um acht Uhr mit acht frischen Spiegeleiern und acht Alka-Seltzer.«

»Ist das nicht ein bisschen viel?«, frage ich.

Der Mann zuckt mit den Schultern. »Okay, vier Spiegeleier reichen auch.« Er hebt wieder seine Stimme. »Hilda! Wo bleiben mein Bier und die Kurzen?«

»Ist das Meer zwischen hier und der Insel ruhig?«, frage ich Olsen. »Oder ist das eine schwierige Überfahrt?«

»Ist total einfach«, sagt der Mann. »Kann ein Baby steuern. Ich mach das schon fünfzig Jahre und hab erst acht Schiffe verloren.«

Ich schlucke. »Acht Schiffe?«

»Mach dir mal nicht in die Hosen, Kleiner. Wenn ich das Ding dieses Mal wieder auf den Grund setze, dann richtig.« Die Kellnerin bringt Bier und Kurze, die Olsen sofort auf ex trinkt. »Das geht so schnell, das bekommst du gar nicht mit.«

»Ich weiß nicht recht«, sage ich zu Anna auf Deutsch.

»Aber sie weiß es«, sagt der alte Mann, ebenso in Deutsch und deutet auf Anna. »Und offensichtlich bin ich eure einzige Chance, richtig?«

Anna nickt. »Das Geld gibt es aber erst, wenn Sie alle Passagiere heil wieder zurückgebracht haben. Und nüchtern geblieben sind.«

»Kinderspiel.« Olsen winkt ab. »Was wollt ihr eigentlich auf der Insel? Schmetterlinge fangen?«

»Heiraten«, sagt Anna.

»Ach du liebe Scheiße.« Olsen seufzt. »Hilda! Noch zwei Bier und vier Kurze.«

Wer den Hafen der Ehe ansteuert, tut gut daran,
erst eine Hafenrundfahrt zu buchen.
Markus M. Ronner,
Schweizer Theologe und Journalist

48

Am nächsten Morgen erwache ich gegen sieben Uhr morgens, weil Olsen schnarcht wie ein defekter Fischkutter.

Dabei schläft er zwei Zimmer weiter.

Zusammen mit der Wirtin habe ich Olsen gestern nach Mitternacht in sein Zimmer geschleppt, er war voll wie ein Stausee kurz vor dem Bruch der Mauer.

Ich setze mich im Bett auf und sehe, dass Anna auch schon wach ist. Sie strahlt mich trotz der gewöhnungsbedürftigen Geräuschkulisse an.

»Hast du gut schlafen können?«, frage ich und gähne. Anna schüttelt den Kopf. »Ich freue mich trotzdem auf heute. Wir haben das Schiff, wir haben das Catering, wir haben ein Zelt zum Feiern und wir haben einen Kapitän. – Vielleicht.«

»Vielleicht kann auch einer deiner Freunde ein Schiff steuern?« Ich strecke mich. »Was ist mit Morten, der ist doch bei Greenpeace?«

»Der hat nicht mal einen Autoführerschein.«

»Ihr Schweden seid doch eine Seefahrernation, oder? Haben die Wikinger nicht sogar Amerika entdeckt und das vor Columbus?«

Anna rollt mit den Augen. »Die Wikinger waren Piraten und haben nichts mit den Nordmännern zu tun, die Amerika entdeckt haben.« Der Blick, den Anna mir zuwirft, lässt deutlich erkennen, dass sie Lehrerin ist. »Jedenfalls habe ich Vertrauen in Olsen.«

»Sonderlich vertrauenswürdig hat er auf mich nicht gewirkt.« Ich zucke mit den Schultern.

»Darf ich auch ein Klischee zitieren?«, fragt Anna. »Ihr Deutschen seid viel zu misstrauisch und viel zu ängstlich.«

»Das stimmt nicht.« Ich räuspere mich. »Aber es trifft vielleicht auf mich zu.«

Anna lächelt. »Ich kann dir auch nicht sagen, warum ich Olsen vertraue, vielleicht, weil er unsere einzige Chance ist und ich nicht wahrhaben möchte, dass unsere Hochzeit platzt.«

Sie steht auf und öffnet das Fenster unseres kleinen Zimmers. »Schau mal!«

Ich stelle mich neben Anna. Der Himmel ist blau, die See ist ruhig und es ist natürlich arschkalt. Jedenfalls im Pyjama. Und dann erst sehe ich es: Auf der Insel gegenüber wird ein Zelt aufgebaut, daneben liegt ein Schiff, wahrscheinlich das für das Catering.

In dem Moment keimt in mir die Hoffnung, dass uns alles gelingen wird.

Doch schon in der nächsten Sekunde schnarcht Olsen wieder so laut, als habe er einen Dieselmotor verschluckt.

Trotzdem übertönt ihn ein Klopfen an unsere Tür.

Als ich diese öffne, steht Holger davor, Annas Vater. Er trägt schon seinen Anzug und an seinem Revers blinkt eine GoPro. »Ihr habt die Nacht vor der Trauung zusammen verbracht?«, fragt er. »Das hätte es zu meiner Zeit nicht gegeben.«

»Du bist so früh schon unterwegs?«, frage ich.

»Es könnte doch noch eine Success-Story werden.« Holger strahlt mich an.

»Was hat deine Meinung geändert?«, fragt Anna. »Hast du einen Pfarrer gefunden oder eine Trauzeugin?«

Holger schüttelt den Kopf. »Mir ist klar geworden, dass Familie mehr bedeutet, als nur einen Erbschein auszufüllen.«

Ich finde das zwar keine sonderlich überraschende Erkenntnis, aber um den Familienfrieden nicht zu gefährden, spare ich mir die Bemerkung.

»Die ersten Gäste werden gegen neun Uhr morgens hier eintreffen«, sagt Holger. »Ich habe meinen Assistenten am Ortseingang positioniert, damit er jeden mit einer GoPro ausstattet.« Er mustert uns. »Wo habt ihr denn eure?«

»Ist das wirklich notwendig?«, fragt Anna. »Was ist, wenn die Hochzeit gar nicht stattfindet, weil wir keinen Pfarrer haben?«

Holger zuckt mit den Schultern. »Den Pfarrer zu besorgen, war Margaretas Aufgabe. Ich kümmere mich um die technischen Details.«

Ganz so intakt ist der Familienfrieden wohl doch nicht.

Holger reicht uns zwei frisch aufgeladene GoPros, die wir dann später an Hochzeitsanzug und Kleid stecken sollen.

Schließlich gehen wir mit Holger zum Frühstück, wobei es zu meiner Überraschung keine Köttbullar mit Köttbullar gibt, sondern Spiegelei mit Spiegelei.

Die Bedienung wirkt nur unwesentlich nüchterner als gestern, bietet uns aber an, Olsen zu wecken.

Kurz darauf hören wir es von oben rumpeln und schreien, Geschirr klirrt und es fallen einige schwedische Schimpfwörter, die selbst Anna noch nicht kannte. Das geht gut eine halbe Stunde so, in der sich die Vorstellung einer erfolgreichen Hochzeit, die ich heute Morgen noch hatte, immer weiter entfernt.

Ein paar Minuten später steht Olsen im Kapitänsanzug samt Mütze oben an der Treppe und wirkt zu meinem Erstaunen souverän und nüchtern.

Jedenfalls bis genau zu dem Moment, in dem er den ersten Schritt macht und die Treppe hinuntertorkelt wie ein einbeiniger Mops.

Wobei der wahrscheinlich eleganter gefallen wäre.

Wie durch ein Wunder landet Olsen am Fuß der Treppe ohne sich alle Knochen zu brechen.

»Was sitzt ihr hier noch rum?«, fragt er. »Kuttern wir mal los, oder?«

Olsen tritt aus der Kneipe hinaus und einen kurzen Moment habe ich den Eindruck, dass ihn die frische Luft umhaut, als hätte ihm jemand mit einem Hammer auf den Hinterkopf geschlagen.

Doch Olsen torkelt in Schlangenlinien weiter, als habe er sein ganzes Leben lang nichts anderes gemacht.

Anna und ich folgen ihm, während Holger meint, er müsse noch in der Kneipe bleiben, um mit Margareta die letzten Details der Feier zu besprechen.

Je näher wir dem Hafen kommen, desto ausschweifender werden Olsens Schlangenlinien und ich sehe ihn schon ins Becken fallen. »Geht es Ihnen gut?«, frage ich.

»Ich schaukle mich schon mal auf die Wellen ein«, sagt er, wirkt jedoch ziemlich weiß im Gesicht. »Was heißt eigentlich nüchtern?«, fragt er. »Wie viel Bier darf ich trinken?«

»Gar keines«, antwortet Anna.

Olsen seufzt. »Wie viele Passagiere sind es denn? Nur ihr beide?«

»Zweihundertdreiundzwanzig«, antwortet Anna. »Wie viele passen denn auf Ihr Schiff?«

»Keine Ahnung, ich transportiere sonst nur Fisch«, antwortet Olsen und torkelt in Richtung des nächsten Hafenbeckens.

Dort läuft er auf einen Fischkutter zu, der aus nicht viel mehr als einem Fahrerhäuschen und einer Ladefläche besteht, auf welcher maximal drei Tischtennisplatten Platz haben.

Wie glücklich man am Lande war,
merkt man erst, wenn das Schiff untergeht.
Seneca, römischer Philosoph

49

Olsen torkelt so schwankend in seinen Kutter, dass ich kaum glauben kann, dass er nicht schon im nächsten Moment von Bord fällt.

»Worauf wartet ihr?«, fragt er.

Anna springt auf das Boot und ich folge ihr notgedrungen, wenn auch nur, um ihr zu beweisen, dass nicht alle Deutschen misstrauisch und ängstlich sind.

Irgendwie lande ich auf dem schwankenden Boot ohne hinzufallen und doch macht es einen Plumps.

Neben mir liegt Margareta auf allen vieren, die uns gefolgt war und auch noch auf das Schiff gesprungen ist, wobei ihr überdimensionierter Energiestein die Landung nicht überlebt hat.

Olsen scheint derweil keine Zeit verlieren zu wollen, jedenfalls schaukelt er sofort ans Steuerpult und schießt mit einer Geschwindigkeit aus dem Hafen, die ich dem Kahn gar nicht zugetraut hätte.

Margareta rappelt sich auf und hängt sich die Kette ohne Energiestein um. »Hm, fühlt sich irgendwie besser an«, brummelt sie. »Wolltet ihr etwa ohne mich fahren? Um neun Uhr kommt Mr. Yin, bis dahin muss unser Zelt stehen.«

»Und was ist mit Holger?«, frage ich. »Wolltet ihr nicht noch ein paar Details klären?«

»Das können wir immer noch machen, bevor Mr. Yang kommt.«

Anna seufzt. »Kannst du dich nicht mal am Tag unserer Hochzeit zurückhalten?«

Margareta schüttelt den Kopf. »Ich habe mich doch schon gestern zurückgehalten.«

Im nächsten Moment habe ich den Eindruck, durch die ganze Schaukelei auch etwas zurückhalten zu müssen, jedenfalls senden die Spiegeleier Signale, wieder an die frische Luft zu wollen.

Obwohl die See vorhin noch ruhig aussah, wirkt sie jetzt auf mich ziemlich rau. Mit sorgenvollem Blick schaue ich zu Olsen. Der hält sich so souverän am Steuerrad fest, dass ich ihm den Spruch mit dem Einschaukeln genau so lange glaube, bis er nur haarscharf an einer Boje vorbeischrammt und im Wasser eine Pirouette dreht.

»Soll die Überfahrt mit oder ohne Stunts sein?«, fragt er.

»Ohne wäre besser«, antworte ich und halte mir den rumorenden Magen.

»Mit macht aber mehr Spaß.«

»Es könnte dann nur sein, dass ich die Möwen füttern muss«, sage ich.

»Ihr Landeier seid doch alle Schwächlinge.« Olsen dreht an irgendeinem Hebel, woraufhin wir langsamer fahren.

»Danke.« Erleichtert atme ich tief durch.

»Nichts zu danken«, entgegnet Olsen. »Ich kann nur die verdammten Möwen nicht leiden.«

Kurz darauf legt Olsen in einer kleinen Bucht der Schäreninsel an, die immerhin über einen Holzsteg verfügt, so dass wir nicht nassen Fußes aussteigen müssen.

Der Steg führt auf eine Ebene aus Granitstein, die in der Eiszeit so rund geschliffen wurde, als läge da ein schlafender Wal. Dahinter liegt eine Wiese aus sattem, grünem Gras, gesäumt von ein paar uralten Bäumen, denen keiner gesagt hat, wie sie wachsen sollen und die genau deshalb so idyllisch aussehen. »Ist das schön hier.« Ich nehme Anna in den Arm.

»Finde ich auch«, sagt sie. »Jetzt wird alles gut.«

»Wann soll ich euch morgen wieder abholen?«, fragt Olsen mitten in unsere Glückseligkeit hinein. Wir drehen uns um, er macht schon Anstalten abzulegen.

Anna springt auf das Schiff und diskutiert mit Olsen. Ich will gerade zu Anna, um ihr beizustehen, da winkt Margareta mich zu ihr. »Hilf mir mal, das Zelt aufzubauen.«

»Ich denke, das ist ganz einfach?« Ich deute auf den Haufen vor ihr, der aus mehreren Zeltplanen und Metallstangen besteht. »Es gibt doch eine Anleitung, oder?«

Margareta nickt und reicht mir ein Blatt voller Piktogramme. »Ich muss dringend zum Catering-Schiff, das bekommst du doch locker hin, oder?«

Zu meiner Überraschung gelingt es mir, das Zelt schon im dritten Versuch so stabil aufzubauen, dass es erst nach fünf Minuten wieder zusammenbricht.

Schließlich stelle ich fest, dass ein Verbindungsstück fehlt und kaum habe ich das von einem anderen Zelt gemopst, klappt der Aufbau so reibungslos, dass ich das Zelt von Anna und mir gleich auch noch aufbaue.

Stolz blicke ich mich nach Margareta um. Kurz darauf trippelt sie vom Catering-Schiff wieder zu mir, ihre energiesteinlose Halskette wirbelt aufgeregt herum. »Wir brauchen noch jemanden, der die Komposttoiletten aufstellt«, sagt sie. »Könntest du vielleicht?«

Allmählich bekomme ich eine Ahnung, warum Schwiegermütter weltweit unbeliebt sind.

»Ach, und die ersten beiden Gäste sind gerade gekommen«, sagt sie. »Die haben sich wohl auf das Catering-Schiff geschmuggelt, keine Ahnung wie die das geschafft haben.«

»Dann gehe ich die mal begrüßen«, sage ich, denn ich würde alles tun, solange ich an meinem Hochzeitstag keine Toiletten aufbauen muss.

»Die Komposttoiletten kommen neben das Schiff, die Einzelteile liegen schon dort, natürlich samt Anleitung«, sagt Margareta. »Liegt quasi auf dem Weg für dich.«

Augenrollend stapfe ich zum Catering-Schiff, was nichts anderes ist als ein kleines Frachtschiff, bei dem man die Mannschaftsräume zu einer Küche umgebaut hat. Davor stehen zwei Personen, die ich hier als Letztes erwartet hätte.

Nein, nicht Ernie und Bert und auch nicht Hinz und Kunz, sondern Annas Ex-Trauzeugin Isabella della Stella und Annas Ex-Freund Viggo.

Der Vogel, der früh aufsteht, frisst den Wurm.
Der Wurm, der früh aufsteht,
wird vom Vogel gefressen.
Chinesisches Sprichwort

50

Zu meiner Überraschung trägt Isabella kein pinkes Kleid, sondern ein weißes. Wie passend für eine Hochzeit, allerdings nur für die Braut.

Die beiden winken mir so affektiert zu, als würden sie sich freuen, mich zu sehen.

Vielleicht ist das ja auch so, vermutlich sind sie gekommen, weil das schlechte Gewissen sie geplagt hat.

»Was macht ihr denn hier?«, begrüße ich sie.

»Wir haben denen vom Catering-Schiff gesagt, wir wären freiwillige Helfer und da haben die uns mitgenommen«, antwortet Isabella und scheint auch noch stolz darauf.

»Und das Konzert mit Britney habt ihr sausen lassen, damit ihr hier sein könnt?«, frage ich.

Isabella nickt. »Wir sind extra früher gekommen, damit wir auf den Schären noch ein wenig chillen können und ein paar Posts machen für unsere Follower.« Sie lächelt mich entschuldigend an. »Wir müssen ihnen ja was bieten, jetzt wo Britney das Konzert abgesagt hat.«

In dem Moment kommt Anna hinzu, die ganz schön lange mit Olsen diskutiert hat. »Schau mal wer da ist«, sage ich zu ihr. »Die beiden haben sich als freiwillige Helfer gemeldet, ist das nicht toll?«

Isabella und Viggo blicken mich entsetzt an, trauen sich vor Anna aber nicht, zu widersprechen.

Ich deute auf die hölzernen Einzelteile neben dem Schiff. »Es muss nämlich noch jemand die Komposttoiletten aufstellen, aber ein echter Mann wie du schafft das doch spielend, oder Viggo?«

Er nickt zerknirscht.

»Anleitung ist auch dabei«, sage ich. »Das gibt bestimmt tolle Fotos für eure Follower. Ich bin so stolz auf euch.«

Ich kann mir das Lachen gerade noch verkneifen und gehe dann mit Anna zurück zum Zelt.

»Ich habe alles mit Olsen geklärt«, sagt sie. »Er hat jetzt verstanden, dass er zwei Tage Schiffstaxi spielt und dafür mehr verdient, als in einem Monat als Fischer.« Sie lächelt. »Das ist immer noch günstiger als der Transport auf dem Ausflugsdampfer, den Holger organisiert hatte. Also kann er sich bei uns bedanken, dass ich ihm Geld gespart habe.«

Anna deutet zu Olsen. »Am besten ich kümmere mich hier darum, dass alles funktioniert, während meine Mutter ihren privaten Vergnügungen nachgeht und du fährst mit Olsen zurück und kümmerst dich um die Gäste, die anreisen. Sieh zu, dass Morten so bald wie möglich auf die Insel kommt, dann kann er mir helfen. Wenn was ist, bleiben wir per Handy in Kontakt, okay?«

»Haben wir hier Empfang?«, frage ich.

Anna nickt. »Das ist nicht Deutschland, hier gibt es sogar in jeder Ecke High-Speed-Internet.«

»Dann ist ja alles am Laufen und wir feiern heute ein schönes Fest«, sage ich, doch so richtig glücklich bin ich nicht, denn eine Hochzeit wird das wohl nicht mehr.

»Warten wir mal ab, was es gibt«, antwortet Anna. »Ich habe da einen Plan.«

»Und wie sieht der aus?«

Sie lächelt mich an, als sei sie Rudi Carrell in jung und hübsch und weiblich. »Lass dich überraschen.«

Zum Abschied gebe ich Anna einen Kuss und steige wieder in das Boot.

»Dir hat das wohl gefallen, wenn du gleich wieder fährst«, sagt Olsen auf Deutsch.

Wie Olsen da so am Ruder steht, in seiner Uniform und keinen Millimeter mehr wankt, glaube ich, er ist auf der See zu Hause und nicht auf dem Festland. Und so nicke ich. »Ich bin mir sicher, Sie sind ein guter Kapitän.«

Olsen mustert mich verwundert. »Das hat schon lange niemand mehr zu mir gesagt.«

»Vielleicht waren Sie auch schon lange kein guter Kapitän mehr«, sage ich, woraufhin Olsen die ganze Fahrt in sich versunken schweigt.

Als wir wieder in Smörrebröd-Älkstek anlegen, oder wie immer der Ort jetzt heißt, steht schon Kemal am Ufer, neben ihm seine Freundin Pinh. Sie winken mir enthusiastisch zu, Pinh mit einem dieser Selfie-Sticks, die genauso peinlich wie praktisch sind.

Ich springe vom Boot und umarme die beiden. »Komme alles gut?«, fragt Kemal.

»Zumindest besser, als ich gestern dachte«, antworte ich. »Uns fehlt noch ein Pfarrer für die Trauung.«

Kemal deutet zum Fischkutter. »Warum du nix
nehme Kapitän? Der dürfe doch mache Hochzeit, o-
der?«

51

Fünf Stunden später stehe ich in meinem Hochzeitsanzug auf dem Fischkutter, blicke in den blauen Himmel und versuche, diesen Moment der Stille zu genießen. Plötzlich macht es einen riesigen Platsch und die Gischt spritzt ganz nah an meinem Gesicht vorbei. »Das war ein Wal«, ruft Morten aufgeregt. »Und er hat mich angelächelt.«

»Dann pass auf, dass du nachher den Brautstrauß fängst«, antworte ich, doch nur Morten lacht, da die anderen den Witz nicht verstanden haben.

Anna hätte ihn verstanden, aber die steht nicht neben mir.

Dafür Kemal, der einen Boss-Anzug trägt, als wolle er jedem damit zeigen, dass er mein Chef ist.

Wieder blicke ich in den blauen Himmel und versuche, die Stille zu genießen.

»Sicher, dass es gehe mit zwei Männer als Trauzeuge?«, flüstert Kemal mir zu und deutet auf Morten.

»Wenn zwei Männer heiraten können, dann können auch zwei Männer Trauzeugen sein.«

»In Türkei nix würde gehen.«

»Deswegen heiraten wir ja auch in Schweden.«

»Hast du gehört, er hat Schweden gesagt«, höre ich hinter mir Holger, drehe mich um und sehe, wie er meinen Vater anstupst. »Mein Enkel spielt natürlich für die schwedische Fußballnationalmannschaft.«

Mein Vater rümpft erbost die Nase. »Erstens ist das unser Enkel und zweitens spielt er selbstverständlich für Deutschland. Schließlich will er Weltmeister werden!«

»Wer ist bei der letzten WM noch mal in der Vorrunde ausgeschieden?«, fragt Holger. »Also wird er wohl eher für das viel erfolgreichere, sympathischere und schwedischere Team spielen.«

»Könnt ihr mal still sein«, zische ich. »Sollten wir jemals einen Sohn haben und er wäre so gut, dass er in einer Fußballnationalmannschaft spielen kann, dann würde ich nicht seine Großeltern entscheiden lassen, für welches Land er spielt, und auch nicht seine Eltern, sondern ihn selbst. Denn dann ist das seine Leistung, und nicht eure oder meine.«

»Aber es sind meine Gene«, sagt mein Vater.

»Meine auch«, antwortet Holger.

»Wenn ihr jetzt nicht beide sofort aufhört, dann ziehen Anna und ich in die Niederlande, ich kaufe ihm ein Holland-Trikot …«

»Nein!«, rufen die beiden Väter gleichzeitig.

»Dann seid jetzt still«, zische ich.

»Dass du immer gleich so übertreiben musst«, sagt mein Vater. »Ich hätte beinah einen Herzinfarkt bekommen.«

»War ich als Kind auch so nervig wie du jetzt und konnte einfach nicht still sein?« Ich schaue meinen Vater an.

Er schaut auf die Schiffsplanken und nickt.

»Dann ist es ja ein Glück, das wir jetzt alle erwachsen sind«, sage ich, drehe mich wieder um, schaue in den blauen Himmel und versuche, den Moment der Stille zu genießen.

»Eines noch«, sagt mein Vater. »Glaub bloß nicht, dass ich das mit dem Panini-Album vergessen hab.«

Ich schlucke. »Du bekommst es zu deinem Geburtstag, aber jetzt ist gut mit Fußball, okay?«

Er nickt und lächelt, als habe er gerade einen Sieg davongetragen.

Wieder schaue ich in den blauen Himmel und bevor ich mir überhaupt vornehmen kann, den Moment der Stille zu genießen, kneift mich Kemal in die Seite. »War gute Tipp mit Kapitän, oder?«

»Anna war auch schon draufgekommen und hat das heimlich arrangiert«, antworte ich.

»Aber du nicht draufgekomme«, sagt Kemal. »Dafür ich. Deswege ich stolz, weil ist seltene Fall, wo Chef besser wisse als Mitarbeiter.« Er räuspert sich. »Aber eins ich nix verstehe. Warum ihr heirate auf Schiff und nicht auf Insel wo alles hergerichtet?«

»Weil ein Kapitän ein Paar zivil trauen darf, allerdings nur auf hoher See.«

»Das heißt Hochzeit ist gültig auch ohne Standesamt?«

Ich nicke. »In Schweden ist das so.«

»Dann gut, ich habe Selfie-Stick von meine Freundin aufgehängt, für filme alles für Hochzeitsgesellschaft auf Insel.« Er deutet auf den Stick, auf den wir eine der GoPros montiert haben, die uns Holger gegeben hat. »So alle sind live dabei auf große Leinwand in Zelt.«

Ich nicke, blicke wieder in den blauen Himmel und dann kommt er, dieser Moment der Stille.

Nur die Wellen sind zu hören und ein paar Möwen, sowie das Gefluche von Olsen aus der Kapitänskajüte über diese Drecksviecher, die ihm auf den Anzug gekackt haben, aber ansonsten ist es wirklich still.

Schließlich tritt Olsen aus seiner Kajüte und stellt sich vor uns. Er sieht perfekt aus, sieht man mal von diesem kreisrunden Wasserfleck auf seiner Schulter ab.

Olsen räuspert sich. »Ich wäre dann parat, bitte das Steuerrad mit dem Seil fixieren und nach vorn kommen.«

Anna lässt das Steuer los, fixiert es, wie er gesagt hat, und in dem Moment, in dem sie mit ihrem weißen Hochzeitskleid neben mich springt und mich anlächelt, sieht sie einfach perfekt aus.

Wenn das, was du sagen möchtest,
nicht schöner ist als die Stille, dann schweige!
Chinesisches Sprichwort

52

Olsen wartet, bis es wirklich still ist und nicht mal mehr die Möwen krakeelen. Dann hebt er die Stimme. »Wir haben uns hier zusammengefunden, um die Hochzeit von Anna Svenson und Matthias Käfer zu feiern«, sagt er auf Schwedisch.

Olsen spricht noch ein paar einleitende Worte und das klingt in Schwedisch viel lustiger als in Deutsch, denn Hochzeit heißt *bröllop*, heiraten *gifta sig*, der Bräutigam *brudgum* und Ehemann *make*, was wahrscheinlich das deutsche Wort Macker erklärt.

Dann holt Olsen ein Schifferklavier aus einer Kiste und spielt darauf *Somewhere over the rainbow*.

An die Musik haben Anna und ich überhaupt nicht gedacht, aber sie passt perfekt.

Anschließend dürfen meine Eltern ein paar Worte über uns sagen, wobei ich erstaunt bin, dass mein Vater es schafft, seine kurze Rede ohne eine einzige Fußballanalogie aufzusagen. Selbst meine Mutter verzichtet darauf, etwas Negatives über Männer zu äußern.

Dafür erzählt Annas Vater im Wesentlichen, wie toll er ist und ihre Mutter, wie befreit sie sich nun ohne Energiesteine fühle, aber vielleicht hab ich das wieder nur falsch verstanden.

Schließlich sind die Trauzeugen an der Reihe. Kemal nimmt einen Zettel heraus, schaut Anna und mich intensiv an. »In Türkei Hochzeit stehe für neue Anfang und für Glück. Anna und Matthias bisher hatte aber mit Planung von Hochzeit und Junggeselleabschied eher Pech und trotzdem sie stehe hier. Das ist sehr gutes Zeiche für ihre Ehe, jedenfalls wenn Schiff hier nicht gleich werde von Weiße Hai aufgefresse.«

Kemal nickt Morten zu, der nun an der Reihe ist und sich räuspert. »Diese Hochzeit ist wirklich ungewöhnlich. Ich wusste bis vor einer Stunde nicht, dass ich Trauzeuge sein werde und hatte keine Zeit, eine Rede vorzubereiten. Von daher bleibt mir nur, euch alles Gute zu wünschen, auch wenn ich weiß, dass jedes Plastikbesteck im Meer tausend Mal länger hält als eine durchschnittliche Ehe.«

Weil Morten das in Schwedisch gesagt hat, klatschen nur meine Eltern sowie Kemal und alle anderen schauen betreten auf die Schiffsplanken.

Olsen findet als Erstes wieder seine Worte. »Wir sollten uns ein wenig beeilen«, sagt er und deutet auf das mit einem Seil fixierte Ruder. »Wenn wir allzu lange führerlos umhertreiben, laufen wir wahrscheinlich auf Grund.« Er blickt jeden von uns einzeln an. »Hat noch jemand etwas gegen die Hochzeit einzuwenden?«

In dem Moment bin ich froh, dass wir auf dem Fischkutter sind und Viggo und Isabella wahrscheinlich immer noch Komposttoiletten aufbauen.

Und so sagt niemand etwas.

»Also dann.« Olsen nickt mir zu. »*Vill du ta Anna Svenson till din äkta hustru och älska henne i nöd och lust?*«

Olsen bedeutet mir, mit meiner Antwort zu warten und wiederholt den Satz auf Deutsch. »Möchtest du Anna Svenson zu deiner Frau nehmen und in Not und Lust lieben?«

Ich finde die Formulierung viel schöner als die von den guten und schlechten Zeiten und so passt in dem Moment alles. Strahlend lächle ich Anna an. »Ja, ich will.«

»Im Schwedischen reicht ein einfaches *Ja*«, sagt Olsen und lächelt.

Dann schaut er Anna an. »*Vill du ta Matthias Käfer till din äkta man och älska honom i nöd och lust?*«

»Ja«, sagt Anna, wir stecken uns die Ringe an und umarmen uns.

»Ihr seid jetzt Mann und Frau.« Olsen nickt uns zu. »Sie dürfen die Braut jetzt küssen.« Ich glaube, eine Träne in seinen Augen zu erkennen.

Bevor ich meine Lippen auf jene von Anna lege, höre ich es hinter mir Schmatzen. Ich drehe mich um. Holger und Margareta haben nicht etwa im unpassendsten Moment eine Packung *godis*, also Süßigkeiten, ausgepackt, sondern küssen sich.

Genau wie meine Eltern.

Und dann endlich küssen Anna und ich uns.

Ich blicke zu Kemal und Morten, doch die halten nicht mal Händchen.

Ist vielleicht auch besser so, schließlich sind sie schon vergeben. Kemal an Pinh und Morten an Greenpeace.

»Okay, genug der Romantik«, sagt Olsen. »Ich muss
ans Ruder, sonst laufen wir in zehn Sekunden auf
Grund. Oder in fünf.« Er springt in den Fahrerstand,
löst das Ruder, reißt es herum, das Boot schaukelt sich
auf und ein ordentlicher Schwall Meerwasser schießt
über das Schiff und trifft Morten, Kemal, meine Eltern
und Annas Eltern, die alle platschnass sind.

Anna und mich verschont der Wasserschwall jedoch
und so stehen wir da und lachen und küssen uns und
wissen: Jetzt wird alles gut.

Wer nicht glaubt, dass mehrere Menschen genau
denselben Gedanken haben können, der hat noch
keinen Tisch mit Hochzeitsgeschenken gesehen.
Peter Sellers, britischer Schauspieler

53

Als wir eine halbe Stunde später heil und voller Glück
strahlend wieder an Land kommen, stehen unsere
Gäste am Ufer Spalier. »Ein Hoch auf das Brautpaar!«,
rufen sie, werfen Reis in die Höhe, sowie Konfetti.

Nur Video-Paule steht daneben und ruft: »Ein Hoch
auf die Abschaffung des Roamings in der EU!«

Doch niemand beachtet ihn und damit ergeht es ihm
genauso, wie den Politikern, die damit etwas Sinnvol-
les umgesetzt haben, das jeden betrifft, aber trotzdem
kaum jemanden interessiert.

»Das hat uns die Übertragung der Hochzeit ermög-
licht, ohne dass jemand zum Sozialhilfeempfänger
wurde«, ruft Video-Paule noch hinterher, aber auch
das geht einfach unter.

»Ich verstehe dich«, sage ich und er gratuliert uns.
Ich lege meinen Arm um seine Schulter. »Und wie
läuft deine Bäckerei?«

»Super«, sagt Video-Paule. »Ich hab zehnmal mehr
Kunden als mit der Videothek und ich muss keine Zeit
dafür aufwenden, Brötchen wieder zurückzuspulen.«

Anna und ich laufen weiter durch das Spalier und
ich begrüße meine ehemalige Sparkassenkollegin
Frau Weber, die ihren dreißig Jahre jüngeren Lover

aus Kuba mitgebracht hat. So verliebt wie die beiden wirken, wird sie ihn sicher nicht wieder in die Karibik zurücklassen.

Sie meint, arbeiten würde sie nie wieder – bei all den Mußestunden bliebe ihr keine Zeit dafür. Schön für sie.

Neben ihr steht Walburga Berger, der ich vor einiger Zeit versprochen habe, meine erste Tochter nach ihr zu benennen. Sie arbeitet immer noch beim Bodenpersonal am Flughafen Frankfurt und hat mich bei meinem ersten Flug nach Schweden an Bord gelassen, obwohl ich mehr als nur geringfügig zu spät war. Aber sie hat es für die Liebe getan und daher ist sie hier.

Ich nehme sie beiseite. »Falls ich jemals eine Tochter hätte, wäre es dann arg schlimm, sie anders zu nennen?«, flüstere ich.

Walburga Berger lacht lauthals auf. »Ich bitte darum. Ich wäre immer froh gewesen, anders zu heißen.«

Als Nächstes begrüße ich den Flugpanikpassagier Herr Enders mit seiner Brieffreundin. Um sich die ständigen Flüge zu sparen, ist er nach Schweden gezogen und die beiden werden demnächst heiraten.

Sicher nicht in einem Flugzeug, aber vielleicht auf hoher See.

»Was du für Leute kennst«, sagt Anna. »Das ist ja beeindruckend.«

Vielleicht meint sie damit Anabolika-Heidemarie, die aussieht wie Arnold Schwarzenegger, allerdings mit Dauerwelle und im Ballkleid. Neben ihr steht ihre Tochter Annemarie und mein ehemaliger Chef Osram-Huber, der anscheinend immer noch mit ihr zusammen ist. »Also, Käfer«, sagt er und zieht mich an sich. »Ich habe hier was ganz Tolles für Sie.« Er deutet auf ein Blatt Karopapier, auf dem einige Kästchen gemalt sind. »Hier oben tragen Sie die Kosten für die Hochzeit ein und in der Spalte darunter Name des Gastes und den Wert des jeweiligen Geschenks. Und dann können Sie mit dem Dreisatz die Rendite pro Hochzeitsgast ausrechnen. Super, oder?«

»Unbezahlbar«, sage ich und gehe schnell weiter.

Weit komme ich nicht, denn meine ehemalige Grundschullehrerin Frau Jaross steht neben ihm und mustert mich mit ihrem patentiert kritischen Blick. »Wie heißt ihr jetzt eigentlich?«, fragt sie. »Käfer oder Svenson?«

»Svenson«, antworte ich.

Frau Jaross kramt in ihrer Tasche. »Das werde ich gleich auf deinem Zeugnis vermerken. Zusammen mit einer neuen Note im Betragen, das war doch vorhin bei der Trauung ganz ordentlich. Kein Egotrip, kein lautes Schreien, keine unflätigen Beschimpfungen.«

»Ich bin ja auch nicht mehr sechs Jahre alt.«

»Der US-Präsident ist auch keine sechs mehr und bekommt es trotzdem nicht hin.«

Ich muss lachen, bedanke mich bei ihr und dann begrüßen wir so viele Gäste von Anna, dass ich mich kaum mehr an einen erinnern kann.

Sogar zwei Polizeibeamte sind da, die sehr zufrieden scheinen, dass alles relativ gesittet zugeht.

Nur Olsen fehlt, der Kapitän.

Wir kommen in das Zelt, es gibt für alle entweder frisch gepressten Orangensaft oder *Andalö Splish*, ein schwedischer Sanddorn Likör mit Prosecco, und leckeres Fingerfood.

Ich probiere ein wenig, bin begeistert und gehe zurück zum Schiff. Olsen sitzt dort einsam in seiner Kabine und blickt auf die See. »Sie sind auch eingeladen«, sage ich.

»Ich bleibe lieber auf dem Schiff«, antwortet er. »Sind mir zu viele Leute dort.«

Ich mustere ihn und glaube zu erkennen, dass er eher die Versuchungen meint, aber ich nicke trotzdem verständnisvoll und wünsche ihm noch einen schönen Abend unter dem kommenden Sternenhimmel.

Wieder im Zelt müssen Anna und ich auf Wunsch der Gäste die Geschenke auspacken und finden darunter unter anderem fünfzehn Porzellansets, acht Besteckgarnituren, elf Sparschweine und siebenunddreißig Babyschnuller.

Anschließend halten Anna und ich eine kurze Ansprache, bedanken uns und erklären die Verwicklungen der Feier mit in Watte gepackten Fastwahrheiten. Dann wird direkt das Menü serviert, damit hinterher mehr Zeit für die Party bleibt.

Alle verzehren es mit Genuss, sogar mein Vater ist begeistert, obwohl ich nirgends Elchsteak oder auch nur anderes Fleisch entdecken kann.

Nachdem ich gegessen habe, beglückwünsche ich Margareta zu dem Catering. »Mit vegetarischem Essen ist es wie mit Beton«, sagt Margareta. »Es kommt darauf an, was man daraus macht.«

Ich gebe ihr uneingeschränkt recht und bestelle bei der Bedienung eine große Portion für Olsen, packe ihm eine Flasche Wasser dazu, sowie ein Glas frisch gepressten Orangensaft und gehe wieder hinaus zum Fischkutter.

»Ich habe Ihnen etwas zu essen mitgebracht«, sage ich.

Er schaut mich überrascht an. »Okay, besser ihr verfüttert es an mich als an die Fische.« Er nimmt Essen und Wasser, doch den Orangensaft lässt er stehen.

»Hilft gegen Skorbut«, sage ich.

»Na dann«, sagt er und trinkt ihn auf ex. »Hm, lecker.« Er wischt sich den Mund ab.

Ich will schon gehen, als Olsen mir bedeutet, mich neben ihn zu setzen. »Normalerweise werde ich nicht so sentimental«, sagt er und seine Stimme zittert fast. »Aber das war seit Langem der schönste Tag, den ich erleben durfte. Weil ich mal wieder gebraucht wurde.«

»Allerdings«, sage ich. »Sie haben uns die Hochzeit gerettet.«

»Und der nüchternste Tag seit Langem war das auch.«

Ich stocke, überlege mir ausnahmsweise jedes Wort. »Vielleicht gibt es da einen Zusammenhang?«, frage ich vorsichtig.

Olsen beißt sich auf die Lippe. »Möglicherweise.«

»Dann wäre es doch schön, wenn noch mehr nüchterne Tage folgen, oder?«

»Junge, das ist ziemlich naiv, so zu denken.« Olsen blickt mich aus ernsten Augen an. »So einfach ist das nicht.« Er reibt sich eine Träne aus den Augen. »Aber es ist einen Versuch wert.«

Ich lege ihm den Arm um die Schulter. »Das finde ich auch.« Ich deute auf die Hochzeitsgesellschaft hinter uns. »Ich habe schon von einigen Paaren gehört, die

unbedingt auch auf hoher See getraut werden wollen.«

»Dann schauen wir mal, was die Zukunft bringt«,
antwortet Olsen. »Schlechter als die Vergangenheit
kann sie kaum werden.«

54

Als ich vom Kutter zurückkomme, ist die Party gerade am explodieren. Es läuft *Rivers of Babylon* von *Boney M*, zwar nicht von Vinyl, aber man kann ja nicht alles haben im Leben.

»Das ist die beste Hochzeit, auf der ich bisher war!«, ruft Video-Paule und tanzt auf mich zu. »Okay, es ist auch die einzige, aber es ist super.« Er knufft mich in die Seite. »Fast so gut wie dein Junggesellenabschied.« Irgendwann sehe ich dann sogar Isabella und Viggo. Ihr Kleid ist nicht mehr ganz so weiß, aber dafür funktionieren die Komposttoiletten einwandfrei, wie mir mehrere Gäste viel zu detailliert berichten.

Zu meiner Überraschung gratulieren Isabella und Viggo Anna und mir mit einer Aufrichtigkeit, die ich nicht für möglich gehalten hätte. Vielleicht waren beide aber auch nur in einem guten Schauspielkurs.

Um das Gespräch mit ihnen abzukürzen, deute ich auf die Komposttoiletten. »Das habt ihr ganz toll gemacht«, sage ich.

»Ihr?«, fragt Isabella und deutet auf ihr mitgenommenes Kleid, während Viggos Anzug immer noch aussieht, wie aus dem Ei gepellt.

Anna und ich lassen sie stehen, tanzen eine Runde, quatschen mit anderen Gästen und irgendwann schallt aus einer der hintersten Ecken ein archaischer Jubelschrei.

Sofort wird mir klar, dass es nur mein Vater sein kann, der sich die Aufzeichnung des Eröffnungsspiels der Bezirksliga Vorderpfalz anschaut und Südwest Ludwigshafen gerade ein Tor geschossen hat.

Irgendwann sehe ich auch Mr. Yin und Mr. Yang, die auf Gangnam Style tanzen und das tatsächlich besser können als alle anderen. Ich wundere mich, wo sie die ganze Zeit gesteckt haben und wie sie aus unserem Bed & Breakfast gekommen sind, aber dann denke ich mir, dass ich nicht alles wissen muss.

Jede Party geht irgendwann zu Ende und so verabschieden sich die Gäste einer nach dem anderen in ihre Zelte. Am Ende stehen wir allein mit unseren Trauzeugen da, unseren Eltern und Mr. Yin und Mr. Yang.

»Wir gehen jetzt auch ins Zelt«, sagt Anna. »Wenn euch zu kalt ist, müsst ihr euch einfach ganz eng aneinander kuscheln, dann wird es schon warm.«

Mr. Yin und Mr. Yang himmeln sich verliebt an und huschen ganz schnell in ein Zelt. Sofort danach verschwinden auch Annas Eltern händchenhaltend in einem der Zelte.

Und meine Eltern auch. Allerdings nicht, bevor mir mein Vater vom phänomenalen Sieg des SV Südwest Ludwigshafen erzählt hat und dass die sich in der Bundesliga schon mal warm anziehen können.

Als Anna und ich an unser Zelt kommen, sehe ich, dass Viggo immer noch mit dem Aufbau ihres Zelts beschäftigt ist und Isabella genervt danebensteht.

Offensichtlich waren sie die ganze Zeit mit dem Aufbau der Toiletten beschäftigt und wollten dann auch noch feiern, weswegen ihr Zelt als Einziges noch nicht steht.

Und als hätte ich das von langer Hand geplant, erwischen sie natürlich genau das Zelt, bei dem das Verbindungsteil fehlt.

Weshalb Viggo es trotz all seiner überlegenen Männlichkeit nicht schafft, das Zelt aufzubauen.

Anna und ich schlüpfen in unser Zelt und hören Viggo noch lange leise fluchen. Schließlich zieht Isabella zu Morten, dessen Zelt wahrscheinlich einer Antarktisexpedition standhalten würde und der arme Viggo muss allein in den Zelttrümmern übernachten.

Anna und ich liegen noch eine Weile in Anzug und Brautkleid in unserem Zelt. Das ist einerseits schön und andererseits praktisch, denn es ist mal wieder sack kalt.

»Und wie hat es dir gefallen?«, frage ich Anna.

»Es war eine unvergessliche Hochzeit.« Sie lächelt mich spitzbübisch an. »Lass uns das noch mal machen.«

Ich blicke sie geschockt an, doch dann merke ich, dass sie nur einen Scherz gemacht hat.

»Zum Glück heiratet man nur einmal im Leben«, sage ich. »Jedenfalls wenn man es richtig macht.«

»Bei Kindern ist das etwas anderes«, antwortet sie. »Das kann man immer wieder erleben.«

»Wie meinst du das?«

Anna schenkt mir wieder dieses spitzbübische Lächeln. »Habe ich dir schon erzählt, dass ich fünf Kinder will?«

»Dann müssen wir aber bald mal anfangen.« Ich schiebe den Träger ihres Kleides zur Seite.

»Haben wir schon«, sagt Anna. »Ich bin ...«

»Schwanger«, vervollständige ich und Annas liebevoller Augenaufschlag sagt mir, dass ich ausnahmsweise recht habe.

Nachwort

Das schwedische Fernsehen ist im Gegensatz zum deutschen und Schweizer Fernsehen tatsächlich so kultiviert, auf die Sendung *Bachelorette* zu verzichten, insofern habe ich diese Rolle für Victoria erfunden. Den *Bachelor* gibt es in Schweden allerdings trotzdem, was es kaum besser macht.

Im Gegensatz zu der Hochzeit hier war meine in einem alten Grandhotel in den Schweizer Alpen deutlich konfliktfreier, aber auch mit Happy End.

Unsere Eltern und Schwiegereltern haben mit den hier geschilderten Personen übrigens nicht das Geringste zu tun, insofern entspringen Holger und Margareta Svenson sowie Karina und Eduard Käfer rein meiner Fantasie.

Und ich bin froh darum.

Auch alle anderen Charaktere sind frei erfunden und haben keinerlei Bezug zu schwedischen Möbelherstellern, vorderpfälzischen Sparkassen, türkischen Dönerbuden oder schwedischen Fischkutterkapitänen.

Das Buch habe ich übrigens direkt im Anschluss an *Mein Leben mit Anna von IKEA – Junggesellenabschied* geschrieben, weil ich selbst wissen wollte, wie es ausgeht ☺.

Wie stets habe ich viel Musik dabei gehört, besonders die beiden Alben von *Crying Vessel* namens *Everything becomes nothing* und *A beautiful curse*.

Natürlich habe ich wie immer ein paar Personen zu danken: Als Erstes Digital Publishers, insbesondere möchte ich Marc Hiller, Stephanie Schönemann, Ruth Papacek, Francesca Hintz, Sarah Schemske und Anja Kalischke-Bäuerle danken, sowie meiner Lektorin Daniela Höhne.

Außerdem danke ich Alexander Hofmann für die Autorenfotos, Christian Purwien von purwien.tv für den Buchtrailer und meiner persönlichen Anna von Ikea, meiner geliebte Frau Oriana.

Natürlich danke ich auch Ihnen, liebe Leserin und lieber Leser. Ich hoffe, Ihnen hat das Lesen so viel Spaß bereitet, wie mir das Schreiben dieses kleinen Romans.

Wie immer freue ich mich über jeden, der das Buch gekauft und nicht geklaut hat, so wie es eigentlich jedem mit ein wenig gesundem Menschenverstand gehen sollte.

Falls Ihnen dieser Roman also besonders gefallen oder auch nicht gefallen hat, schreiben Sie doch eine Rezension. Gerne bei Amazon oder bei einem der anderen Anbieter, denn so erfahren noch viel mehr Leser, ob dieses Buch lesenswert ist oder vielleicht doch ein anderes ☺.

Sie können mir natürlich auch eine E-Mail an kontakt@thomaskowa.de senden, mich auf meiner Homepage www.thomaskowa.de besuchen oder bei Facebook unter www.facebook.com/Thomas.Kowa.Autor.

Dasselbe gilt, wenn Sie mit mir ein Interview führen oder mir einfach nur die unvermeidlichen Rechtschreibfehler mitteilen wollen, die mal wieder alle überlesen haben, nur Sie nicht.

Falls Sie mich für eine Lesung buchen wollen, besuchen Sie doch die Seite www.storyvents.com, da finden Sie mich und eine Menge anderer toller Autoren.

Ich hoffe, wir lesen uns bald wieder, wann ein neues Buch von mir erscheint, erfahren Sie als Erstes, wenn Sie eine E-Mail an kontakt@thomaskowa.de mit dem Betreff »Newsletter« senden.

Dann halte ich Sie in regelmäßigen Abständen über Veröffentlichungen und Auftritte auf dem Laufenden. Und das Beste: Für die Abonnementen meines Newsletters wird nicht nur manches Geheimnis vorab gelüftet, sondern es gibt ab und an auch ein kleines Extra.